GW01003804

Obra ganadora del II Premio Anaya
de Literatura Infantil y Juvenil 2005

1.ª edición: abril 2005

© Fernando Marías, 2005
© Grupo Anaya, S. A., Madrid, 2005
Juan Ignacio Luca de Tena, 15. 28027 Madrid
www.anayainfantilyjuvenil.com
e-mail: anayainfantilyjuvenil@anaya.es

ISBN: 84-667-4568-8
Depósito legal: S. 407/2005

Impreso en Gráficas Varona
Polígono El Montalvo, parcela 49
Salamanca
Impreso en España - Printed in Spain

ESPACIO

ABIERTO

ESPACIO
ABIERTO

Diseño y cubierta de
Manuel Estrada

ESPACIO ABIERTO

Fernando Marías

Cielo abajo

II Premio Anaya de Literatura Infantil y Juvenil

ANAYA

Bombardear o no bombardear...
¡He aquí la cuestión!

Un avión cargado de bombas se aproxima al Palacio Real de Madrid. Lo pilota uno de los mejores aviadores del mundo, y su objetivo es matar al rey de España.

El piloto, al soltar su carga mortal, gritará simbólicamente: «¡Muera la monarquía! ¡Viva la república española!», aunque sepa que nadie lo oirá, aparte de su fiel copiloto.

El avión pica el morro al divisar el objetivo. La mano junto al disparador se inquieta, restriega por instinto la palma contra la tela de la pernera. Diez segundos, nueve... Blanco fijado... Ocho, siete, seis... Sin el Rey, todo será más fácil... Cinco, cuatro...

Y entonces, allá abajo, surge lo inesperado. El piloto maldice, mira de nuevo para asegurarse, consulta en silencio con su compañero, estupefacto como él. Duda durante unas pocas décimas de segundo, lo suficiente para que el avión sobrepase el objetivo. A unos centenares de metros vira para intentarlo de nuevo, pero tiene ya la certeza de que no podrá disparar. El piloto ha desperdiciado una oportunidad única de cambiar la historia de España, y lo sabe. Sin embargo, también sabe que volvería a actuar igual una y mil veces.

En el cielo del invierno madrileño, el avión regresa a la base. Es el quince de diciembre de 1930. Pocas horas más tarde *fracasará estrepitosamente la conspiración republicana contra Alfonso XIII, cuyo reinado, no obstante, tiene ya sus días contados. Cuatro meses después, en abril de 1931, los resultados de las elecciones democráticas obligarán al rey a abdicar, y partirá hacia el exilio. Nacerá la Segunda República española; casi en el acto, sus enemigos comenzarán a maquinar contra ella, y no cejarán hasta desencadenar la Guerra Civil.*

Pero volvamos al mítico aviador.

¿Por qué renunció al bombardeo? ¿Qué divisó en el patio del Palacio Real?

Ricardo GARCÍA FONS,
*Historia de la aviación militar
europea de entreguerras.*

El mar de los sueños

Los sueños son de agua. Flotas en ellos pero no los puedes agarrar.

Aunque al principio, como tantos otros, yo pensara que sí.

Tuve que dejar de escribir hace ya tiempo, en la primavera de 2003. Abandoné por indefensión, por miedo. Dejé de escribir por quiebra moral, y también económica. ¿Por qué restar importancia a este factor si, al fin y al cabo, es el esencial? Fui incapaz de resistir; perdí la guerra contra el mundo. Dos novelas y un libro de relatos, los tres condenados a cadena perpetua en un cajón. Manuscritos que nadie ha querido leer. Libros muertos en cuya calidad solo creo, o creía, yo. Libros de agua. Es curioso que así, precisamente, comenzara la que iba a ser mi tercera novela...

«Los sueños son de agua. Flotas en ellos, pero...»

El día de mi rendición era martes. El viernes anterior, un editor al que osadamente había hecho llegar mi «obra completa» me dejó un mensaje en el contestador: «He leído su libro de relatos; me gustaría que charláramos». Le telefoneé el lunes a primera hora, me dijeron que estaba reunido, que me devolvería la llamada. Y lo hizo al día siguiente, el martes en que me rendí, a media mañana. En las horas previas, y a lo largo de todo el fin de semana, que había pasado escuchando una y otra vez su mensaje, elucubré infinitas fantasías; la cabeza, ingobernable, se me escapaba hacia cielos altísimos de reconocimiento y gloria, y me esforzaba por traerla otra vez hacia abajo, de regreso a la tierra. Cuando por fin llamó el editor, lo escuché con la garganta seca y el corazón bombeando: pum-pum, pum-pum, pum-pum. Él habló y habló, encantador y riguroso en el comentario de cada cuento. Y yo callé; callaba y asentía, con una risita cómplice, innecesariamente aduladora, de la que me arrepentí en el acto. Me visualicé agarrándolo por las solapas: «Déjate de monsergas. ¿Me publicas, sí o no?».

La respuesta fue no.

Casi sin darme cuenta, el teléfono estaba otra vez colgado. «Adiós, encantado... Adiós», habíamos dicho, no sé en qué orden. ¿Qué había pasado? «En algunos de los cuentos se intuye a un posible futuro buen escritor. No deje de seguir mandándonos cosas. Las novelas, en cambio, no. Las novelas no nos han interesado tanto». Posible... Futuro... Tiempo sin fondo, sima sin fin. Y encima, solo se «me intuía» como buen escritor... Pum-pum... Entonces, sin un suspiro de advertencia, se apagó el flexo. Ese día vencía el aviso de corte del fluido eléctrico. Es lo malo de ir tirando así, con todo tu mínimo patrimonio a rastras, sin cuenta en el banco ni reserva en el calcetín. Que te corten la luz es llevadero, lo sé por experiencia; pagas con recargo al día siguiente, o cuando puedes, y enseguida te reactivan el servicio. Esta vez, sin embargo, tenía el dinero, el importe exacto en billetes y monedas en un sobre a mi lado. Pude haber bajado al banco de la esquina para hacer el ingreso, pero no había querido apartarme del teléfono.

La llamada era lo más importante, lo único que contaba; además, era un juego conmigo mismo: éxito o fracaso a cara o cruz, lanzando al aire una imaginaria moneda. Cara: la respuesta del editor sería «sí» y aún tendría tiempo de pagar la factura. Cruz: ni libro ni luz; así, en verso. Y ahí me encontré: cruz, ni libro ni luz. En verso.

Corrí con el sobre en la mano escaleras abajo; algunas monedas se deslizaron fuera; rebotaron ruidosamente contra la madera de los escalones y cayeron por el hueco hasta el portal. El hombre de la compañía de la luz había desaparecido en el exterior, entre los viandantes. Me vi en la calle, y no figuradamente: al salir con tanta prisa, había cerrado la puerta sin coger las llaves. No era grave; al vivir solo tengo la cautela de guardar copias en casa de un amigo, y fui a buscarlas.

Durante el trayecto en metro, rememoré la conversación con el editor; y la angustia, entonces sí, me arañó las tripas. De pie, frente a la puerta del vagón, mirándome en el cristal mugriento, a merced de los reflejos de la velocidad en el túnel, tuve miedo por el futuro; miedo al futuro mismo. Conciencia del agua, una invicta sensación de derrota. Los soldados no mueren en las guerras, como se dice alegremente; eso no es exacto. Cada soldado muere en un instante concretísimo de una batalla también concretísima; tal vez en una escaramuza mínima, despreciada por la Historia pero fundamental para ese muerto, porque ese momento será el de su propia muerte. Y única: nunca tendrá otra. Los barcos no naufragan anónimamente en el océano; cada barco se hunde en una precisa ubicación de latitud y longitud, en esa y no en otra. En un instante preciso y en ningún otro. Pues bien, yo tampoco fracasaba en la vida de manera imprecisa. Me hundí en el desaliento ahí, en ese momento, un soleado día de mayo, bajo tierra, entre las estaciones de Gran Vía y Tribunal.

Y a nadie le importaba, nadie iba a darme ánimos para que me sobrepusiera y volviera a intentarlo. No obstante, a un tiempo, miles de voces desconocidas, con su silencio legítimamente indiferente, me recordaban que nunca lograría ser escritor. Las oía, calladas y recias, insoslayables. Los sueños son de agua, pero el fracaso tiene puerta. La abres, la cruzas, la cierras a tu espalda. Y das el siguiente paso, titubeante, abrumado, incrédulo. Asustado y solo.

Sentí miedo. No por mi carrera literaria, que moría sin haber empezado, sino por la simple y terrible incertidumbre. Mientras me movió el afán de triunfo, toda necesidad quedaba relegada a un segundo plano. La miseria, me decía, llevaría aparejada antes o después el éxito, y en consecuencia carecían de importancia sus incomodidades y aflicciones. No me importaba ir tirando con trabajillos, picar de aquí y de allá, carecer de estabilidad... En algún momento las cosas adquirirían su sentido... Y de pronto, ese martes, todo se derrumbó; o más precisamente, fui consciente de que mi entorno, y mi vida entera, era un paraje en ruinas desde tiempo atrás, sin que yo hubiera sabido verlo.

Suerte de Enrique. Mi amigo de la infancia, el mismo que custodiaba la llave de seguridad que me disponía a recoger, también había alimentado, mucho tiempo atrás, vagas ensoñaciones de dedicarse algún día a cumplir los sueños de juventud, que en su caso consistían en hacer películas; pero, más inteligente o más afortunado que yo, había empezado la casa por los cimientos, trabajando en la empresa de decoración y reformas de casas antiguas que pertenecía a su padre. Se ganaba bien la vida, y, algún día, decía, estaría en disposición de entrar en el mundo del cine como debe hacerse, cheque en mano y sin depender de nadie. Enrique me vio tan agobiado aquel día que me convenció para que aceptara un empleo temporal en su empresa: tenía que acondicionar, para su posterior pintado, las paredes de un piso que se disponía a reformar. Por mi deprimido estado de ánimo, no me veía con fuerzas para sumarme a un equipo de ruidosos albañiles y fontaneros, pero mi amigo es sensible y cuidadoso con los detalles; si me lo había propuesto, era precisamente porque su cuadrilla estaba ocupada en otro lugar, y yo debería realizar mi trabajo a solas. Creo que esa circunstancia concreta fue la que me decidió a aceptar: un poco de dinero y un poco de soledad, lejos de todo. O a salvo de todo.

La casa se hallaba al comienzo de la calle Méndez Álvaro, junto a la glorieta de Atocha. Era un inmueble antiguo, de solo cuatro alturas, que acababa de quedar desocupado tras la marcha del último inquilino, el de la buhardilla. El dueño había esperado pacientemente, sin alquilar ninguna de las demás viviendas, y ahora por fin podía convertir los grandes pisos vacíos en modernos y rentables apartamentos.

Me vi ante la casa una fría mañana de noviembre, a las ocho. Por la plaza circulaba el tráfico habitual, y había mucho tránsito de peatones. Entré al portal con cautela, sintiéndome un intruso; como si lo que me disponía a hacer, arrancar el viejo papel pintado de las paredes, constituyera la violación de algún derecho sagrado. Al cerrar tras de mí la puerta, tuve la sensación de que el silencio se espesaba, adquiría corporeidad y empezaba a acecharme. A pesar de ello, subí los cuatro pisos. En el suelo del descansillo del último, ante la puerta de la única vivienda, la buhardilla, me aguardaban las herramientas: dos cubos, encajados uno en el otro, paletas y espátulas de diferentes tamaños y funciones, líquidos cuya utilidad desconocía... Se me antojaban dueños de mí y de mi futuro, amos inmisericor-

13

des de insaciable crueldad. Ni me acerqué a ellos. Saqué el llavero que me había dado mi amigo y utilicé una de las dos llaves para acceder a la casa.

Se componía de una sola habitación espaciosa, aparte del baño y la cocina, ambos reducidos pero bien equipados. Las paredes de la sala estaban forradas de papel pintado viejo, desgastado y feo, de un color que alguna vez fue azul. El primer paso de mi trabajo era arrancarlo. Una parte del techo se inclinaba, abuhardillado, albergando dos ventanas oblicuas y amplias que permitían una privilegiada vista de la glorieta y del museo Reina Sofía. Apenas había muebles: una mesa y una sola silla, una butaca con antiguas quemaduras de cigarrillo, una cómoda de madera vieja, con indicios de carcoma, libros y papeles diseminados por la única estantería, un televisor y un vídeo tan anticuados que nadie se los había llevado... Contra la pared del fondo había una cama individual, perfectamente hecha. ¿Quién la habría estirado? Me inquietó que hubiera podido ser el mismo inquilino, antes de partir. Ese detalle resumiría expresivamente una vida de rigurosa soledad: una persona vive sola, tal vez feliz o tal vez no, pero sin nadie a su lado; un día como otro cualquiera se levanta, se ducha, hace la cama y sale a la calle para no volver. Más tarde, una cuadrilla de trabajadores eliminará a conciencia sus vestigios. Y otro día, esa casa que fue suya, ya inmaculadamente restaurada, la comprará o alquilará alguien que cruzará el umbral satisfecho, imaginando dónde colocará los cuadros o enchufará la *tele* de plasma, pensando sobre cómo será su futuro allí. Yo era el primero de los intrusos. Sentí que era un profanador.

Me sobresaltó el móvil. Eché instintivamente mano al bolsillo, pero casi en el acto caí en la cuenta de que no era la melodía de aviso que llevo programada. Otro teléfono sonaba en la casa.

14

Provenía de la cómoda. Me acerqué y fui abriendo los cajones. Hallé el teléfono en el segundo, sobre alguna ropa de casa, sábanas o toallas, y junto a una vieja carpeta de cartón. Resultaba obsceno tener a mano el móvil de un desconocido. Por un instante, tuve la tentación de contestar, pero la deseché de inmediato. Deseé que saltara el buzón de voz, pero a la vez era incapaz de apartarme y empezar mi tarea. Abrí la carpeta. Contenía unos papeles y dos fotocopias de un carné de identidad de un tal Joaquín Dechén. Enrique había pronunciado en algún momento ese nombre; era el del inquilino saliente. Dechén me miraba desde ambas copias, en la típica actitud entre recelosa y estupefacta con la que todos posamos para las fotos de carnés y pasaportes. El buzón de voz saltó por fin, pero no dejaron mensaje. Lo preferí; de lo contrario, me habría tentado la curiosidad de escucharlo.

Tomé una espátula y humedecí un trapo en el grifo de la cocina. Me acerqué a la pared abuhardillada. La mojé y empecé a rascar. Bajo la capa de papel azul había otra con estrellitas grises. Ambos papeles, unidos, formaban una frontera temporal. Los rascaba juntos, como si fueran uno, pero entre la colocación del primero y el segundo podían haber transcurrido cinco o seis lustros. Jugué a calcular: el inquilino, dando por supuesto que hubiera sido el mismo todos esos años, habría puesto el azul en mil novecientos setenta y cinco, pongamos por caso; y el de las estrellitas en mil novecientos cincuenta y dos, si para entonces ya existía el papel pintado. El primero lo puso siendo un hombre de veintitantos años, y el segundo metido ya en la cincuentena. Yo mojaba y rascaba. Cada golpe de espátula destruía un poco más la frontera temporal, la convertía en despojos condenados al contenedor de basura; transformaba las vibraciones de una vida entera, la del inquilino ausente, en jirones de papel polvoriento, roto a mis pies. Debajo surgía la pared original de yeso, irregular y surcada por los arañazos del tiempo. Algunos de ellos parecían constituir palabras burdamente escritas. Y lo eran. Me aproximé y vi que no sería difícil descifrarlas. Entonces me sobresaltó otro timbrazo, largo y estridente. Este provenía del portero automático. Fui a contestar.

—¿Sí? —pregunté.

—Mensajero —respondió una voz envuelta en ruido de calle—. ¿Vive ahí Joaquín Dechén?

Para ser riguroso, debería haber dicho que la respuesta era sí y no; sí, porque esa había sido la dirección de Dechén y su hogar; y no, porque ya no lo era.

—Aquí es —opté por abreviar.

Y se oyó, a modo de asentimiento, un gruñido lejano, como si el mensajero se hubiera lanzado escaleras arriba, a grandes zancadas, sin esperar mi respuesta. Llegó al poco, respirando profundamente para recuperar fuelle. Algo en su aspecto me hizo solidarizarme con él. Creo que fue su edad; parecía mayor de lo que se supone debe ser un mensajero, pasaba de los treinta... Imaginé que era un universitario con título superior que no había encontrado trabajo, o un parado reciclado laboralmente de esta manera. Se abatió sobre mí una repentina oleada de cansancio. Allí estábamos los dos, siendo lo que no queríamos ser.

—¡Vaya escaleritas...! —se quejó a modo de saludo. Podía ser una frase adoptada para estimular la generosidad de las propinas.

—Vamos a poner ascensor —expliqué. Era cierto, estaba en los planes inmediatos del propietario, pero el mensajero me miró de arriba abajo con una sonrisita escéptica, como recelando de que yo, con mi trapo mojado y mi espátula, fuera capaz de acometer esa obra. Me alargó un paquete rectangular, dentro de un sobre de plástico.

—Para el señor Joaquín Dechén.

Dudé. ¿Debía cogerlo?

—Tranquilo, portes pagados —añadió él, malinterpretándome—. Firma aquí.

Hice un garabato, y el mensajero salió zumbando escaleras abajo. Permanecí unos instantes en el rellano, contemplando el paquete. «Otra tentación para mi curiosidad congénita», pensé mientras entraba a la casa. Primero había sido el móvil; una prueba que, al haber sido capaz de no contestar, podía considerar superada. Pero este paquete así, tan a mano, literalmente a mano, sin testigos... Rasgué con la espátula el sobre de plástico, convencido de que no implicaba violación de intimidad alguna. En el interior había otro sobre de papel blanco, normal, y el albarán de una imprenta, en el que se tomaba nota del encargo del señor Dechén, un trabajo de encuadernación en plástico imitación piel. Sin duda, se refería al contenido del sobre blanco, un libro. Pero el sobre estaba cerrado, sin identificación alguna: ni un nombre, ni un remite, ni una dirección, ni siquiera el logotipo y la dirección de la imprenta. Un sobre anónimo, que yo podía rasgar y más tarde reponer por otro igualmente anónimo... Lo rompí y saqué el libro. Las tapas de plástico verde contenían un puñado de folios escritos a mano con letra pulcra y bien legible, que imaginé obra del tal Dechén. Llegado a este punto, merecía leer las primeras líneas, solo las primeras. Cinco, me impuse, cinco líneas no traspasaban aún la frontera del fisgoneo. Y para sellar el compromiso, dije en voz alta y grave:

—Solo cinco. ¿De acuerdo?

—De acuerdo —respondí en tono no menos solemne.

Y con todo perfectamente claro y en orden, abrí el libro y leí:

Constanza..., Constanza..., Constanza...
En voz baja repito tu nombre y luego, por fin, me decido a escribirlo. Creo que es la mejor manera de empezar. Tu nombre, tú. Cada poco, cuando me asalte la duda, miraré las letras que lo componen para darme valor.
Poco me importa que estés muerta. ¿Acaso no lo estaré pronto también yo?

Fin de las cinco líneas. Cerré las tapas, arrepentido de no haberme concedido diez. Pero la palabra dada es la palabra dada.

Volví a mi tarea bajo la ventana, dispuesto a rascar y rumiando que más tarde debería buscar una razón que me permitiera leer otro poco. Recordé entonces las palabras raspadas en la pared. Si no me hubiera aproximado para leerlas, nada de lo que ocurrió a continuación habría pasado. Pero me acerqué y las leí.

Un nombre y una fecha, trazadas en dos líneas:

Constanza
7/11/36

No creo en las casualidades, tengo la seguridad de que todo sucede por algo... Y si a esos enigmas casi siempre indescifrables que, por ignorancia y miedo, llamamos casualidades, sumaba mi fascinación personal por las fechas... 7/11/36. Siete de noviembre de mil novecientos treinta y seis... Casi setenta años atrás, una mano había trazado en esa pared el mismo nombre de mujer que abría el libro verde. Me fijé bien, vi que antes del siete había un seis de trazo más tímido, tachado a rasponazos, como si el autor se lo hubiese pensado me-

jor. ¿Quién, y en qué circunstancias, y con qué sentimiento, se había agachado para escribirlo como yo ahora para leerlo? Esa mano había escrito en el yeso de la
pared un siete de noviembre... Y el día que yo lo había
descubierto, el día en que me hallaba ante las dos líneas,
preguntándome quién pudo haberlas escrito sesenta y
ocho años atrás, ese día era seis de noviembre. En cuestión de horas, el círculo de tiempo se cerraría. O se había cerrado ya, si atendía a la primera fecha que la
mano intentó inmortalizar, seis de noviembre de 1936...
Estaba, de una forma u otra, cerca del epicentro del ani-
versario de ese hecho, nimio para mí y tal vez trascendental en la vida de quien lo escribió.

¿Resistiría la tentación de leer más?

La primera Constanza

Constanza..., Constanza..., Constanza...
En voz baja repito tu nombre, y luego, por fin, me decido a escribirlo. Creo que es la mejor manera de empezar. Tu nombre, tú. Cada poco, cuando me asalte la duda, miraré las letras que lo componen para darme valor.

Poco importa que estés muerta. ¿Acaso no lo estaré pronto también yo?

He empezado diciendo tu nombre tres veces; las precisas y necesarias. Sería injusto pronunciarlo cuatro o dos. Tres, tres Constanzas. Ni una más. Ni una menos. Las que fuisteis, las que sois y habéis sido siempre en mi corazón. Aunque yo me dirija a ti, la primera, sin la que no habrían existido las otras. A ti, mi Constanza. A pesar de que nunca llegaste a saber, a sospechar siquiera, cuánto me habría gustado poder sentirme dueño del derecho de llamarte así...

Mi Constanza.

Escribo, aunque sé que no lo leerás. Es como si trazara letras transparentes en el aire. Vivo, desde hace mucho, cielo abajo. Es mi destino. No hay ni habrá otro. No podría haberlo aunque hallara fuerzas para intentarlo. Da igual que una vez sintiera el júbilo de volar.

Pasó. Mi tiempo de alas pertenece al lugar más terrible del pasado: el de la imposibilidad de olvidar. Me atormentan recuerdos vivos, cada uno a su manera: los hermosos porque los añoro; y los terroríficos, los que revuelven mi culpabilidad, porque cada mañana me señalan con el dedo.

Al principio, te oculté que no nací. A ti, que lo habrías aceptado con naturalidad, como de hecho lo aceptaste al saberlo, porque eras la generosidad personificada. Pero es verdad: no nací. Bien puedo decirlo así, porque nunca supe cómo ni dónde, ni por quién, fui alumbrado. Supuse después, ya que nadie llegó a confirmármelo, que mi madre fue una mujer soltera, abandonada, como a su vez haría ella conmigo, por el hombre que fue su pareja o su amante circunstancial. No tuve madre, aunque las siete religiosas del orfanato donde empecé a tener percepción del mundo cumplieron vagamente esa función insustituible. En cuanto a mi inexistente padre, adoptó a lo largo de los años el rostro cambiante de los sucesivos maestros encargados de la educación de los huérfanos. Nos hablaban del cielo y del Dios que habitaba en él. «Aunque seas huérfano, Él te ama, como a todos los niños», me repetían mis falsos padres, y también las madres. Pero mentían. Yo miraba hacia arriba y no veía nada milagroso. Y me sentía lo que era: un ser desvalido, escupido al mundo y abandonado a su suerte. Aterradoramente solo, como todos los niños del orfanato.

Sin embargo, cierto día tuve conocimiento de un prodigio que había tenido lugar en el cielo.

Fue en el año mil novecientos veintiséis. Contaba poco más de cinco años, y obviamente no podría recordar la fecha con tanta precisión de no ser porque el suceso quedó registrado en la Historia. Los periódicos de entonces mostraron en primera plana la fotografía de un cielo en blanco y negro, estático como el telón de fondo de un teatro, contra el que se sostenía, mágicamente anclado, un animal desconocido de alas de madera. Era la foto del avión bautizado *Plus Ultra*. Dos míticos aviadores españoles, Ramón Franco y Julio Ruiz de Alda, junto al mecánico Pablo Rada, habían atravesado el océano pilotando un artefacto volador hecho de poco más que tablas, tela y un motor. Una hazaña heroica, de resonancia universal, pionera de inexplorados caminos del aire. Fascinado, robé el periódico, recorté la foto y la guardé. Doblada en cuatro, y oculta bajo el colchón, fue mi primera pertenencia, la única durante mucho tiempo; el primer juguete de un niño que hasta entonces había carecido de sueños. En la oscuridad silenciosa de la gran habitación común, mientras los demás dormían, decidí que llegaría a ser un aviador legendario, capitán de gestas memorables, explorador de rutas aéreas cuya existencia nadie hubiera imaginado. Sobrevolaría océanos para enlazar continentes, pueblos, seres humanos... ¡Volaría, dueño del mundo sin límites!

Creo que no exagero si digo que ese sueño me mantuvo vivo y fuerte durante toda una década. Soñando con ser aviador, viví el final de los años veinte y el principio de los treinta, y dejé atrás la niñez para entrar en la adolescencia. Era costumbre que, cuando cumplíamos quince años, el director del centro decidiese nuestro destino según las cualidades que hubiéramos ido mostrando y lo anotase en una lista formada por dos columnas: columna uno, al cuartel; columna dos, al seminario.

Durante la jornada de la crucial selección, había detrás de él, amenazadores, dos montones de ropa; uno, formado por uniformes de soldado, y el otro, por sotanas; ambos amorosamente tejidos para nosotros por las monjas. Mi tendencia al aislamiento y al mutismo, donde podía permitirme soñar que volaba, fue interpretada como vocación religiosa, y mi nombre se incluyó en la segunda columna. Nadie, naturalmente, preguntó mi opinión.

Aparte de unas cuantas excursiones ocasionales por los alrededores, jamás había salido del orfanato. Aquel día de verano me echaron al mundo en una camioneta destartalada junto a otros tres huérfanos, todos camino de nuestros respectivos futuros inciertos. La carretera unía los pueblos de la comarca con Ávila, la capital de nuestra provincia, que nunca había visitado. Llevaba una bolsa con unas pocas pertenencias, entre ellas, la sotana negra. Mis compañeros se apiñaron en los primeros asientos, como para protegerse de los demás viajeros, mientras que yo busqué apartarme y me senté al final de la camioneta. Para darme ánimos, miré mi talismán, el recorte del avión mágico. Pero ello no impidió que se me humedecieran los ojos con lágrimas de inquietud y frustración. Antes al contrario, hizo que sollozara con desesperación repentina e imparable. Y esas lágrimas fueron mi destino.

Un pañuelo raído, pero limpio, apareció ante mis ojos. Lo tomé para disimular mis lágrimas bajo él, las sequé antes de elevar la vista.

Ante mí, se hallaba uno de mis compañeros. Al oírme llorar se había desplazado hasta el asiento junto al mío. Era un chaval callado como yo con el que, curiosamente, apenas había cruzado cuatro palabras en todos esos años.

—¿Qué te pasa? —preguntó muy despacio, con preocupación. También tenía los ojos enrojecidos. Ese detalle me alentó. Necesitaba confiar en alguien.

—Es que no quiero ser cura, quiero ser soldado —mentí; en realidad no lo deseaba, pero suponía que en el ejército, sirviendo en aviación, tendría alguna posibilidad de cumplir mi sueño.

El otro miró la sotana que asomaba de mi bolsa. Él vestía un remedo de uniforme militar cosido por las monjas.

—Pues yo sí. Yo quiero ser sacerdote —dijo; y a diferencia de mí, parecía totalmente sincero.

Creo que tuvimos la idea a la vez, durante esos intensos segundos en silencio. Ni siquiera necesitamos explicitarla. Sustituimos los deseos de llorar por una punzada de excitación eufórica: íbamos a pasar a la acción.

En el último pueblo, antes de llegar a Ávila, la camioneta se detuvo para recoger pasajeros. Mi nuevo amigo y yo bajamos y fuimos juntos hasta el bar de la plaza. Entramos al servicio.

Cuando volvimos al autobús, él llevaba mi sotana y yo su uniforme, que me quedaba pequeño y un poco ridículo. Y al rato, cuando el autobús entraba en la ciudad y se hacía inminente la separación de nuestros caminos, eché mano al bolsillo del pantalón y saqué el sobre cerrado y doblado en cuatro que me habían dado las monjas. Mi amigo lo miró. Sacó, con gesto marcado por algo parecido a la solemnidad, otro sobre igual, aunque sin doblar, del hatillo que llevaba. Los sobres contenían una carta de presentación del director del orfanato, la dirección donde debíamos presentarnos, una cartilla con nuestro nombre, en mi caso Javier Álvarez Pérez, la edad y algún otro dato. Los intercambiamos. Tragué saliva, lo recuerdo bien. No sé si por separarme de mi verdadero nombre y destino legítimos o por aceptar los del otro.

Ni el conductor ni los pasajeros de la camioneta, ni siquiera nuestros amedrentados compañeros de orfanato, demasiado abrumados por su propia salida al mundo, se dieron cuenta de nuestro acto. Y es que ninguno de los dos éramos nadie. No existíamos. Y no existiendo, ¿a quién podía importarle que cambiáramos nuestras identidades?

Al despedirnos nos abrazamos con intensidad nunca experimentada antes. Esa sensación nueva, la de enfrentarse, unidos, al mundo, debía ser, o al menos formar parte, de lo que maestros y monjas habían definido a lo largo de los años, siempre sin acabar de explicarse bien, como auténtica amistad. Qué poco me duraba mi primer amigo de verdad, pensé mientras se alejaba camino del seminario. Le deseé suerte, me la deseé a mí.

Adiós, padre Javier, que seas feliz.

Abrí mi sobre, el que había sido de él, y leí la dirección del cuartel y el nombre del cabo a quien me debía presentar. Hacia allí me encaminé, preguntando aquí y allá.

Una hora después, mediada ya la calurosa tarde, divisé el gran edificio de piedra gris. Un gran arco, flanqueado por dos garitas con centinelas en su interior, cubría la puerta principal. En el centro del amplio patio interior, rodeado de dependencias, se veía un mástil con la bandera española, roja, amarilla y morada, que en el orfanato había visto reproducida sobre carteles y fotografías, y que, a veces, en días especiales de orgullo patrio, el director ordenaba izar en la escuela.

Respiré hondo y me aproximé a la entrada.

Uno de los centinelas me dio el alto sin miramientos.

—Tú, chaval... ¿Dónde crees que vas?

—Vengo del orfanato de San Juan de Dios —expliqué, como si ese lugar fuese el centro del universo. El centinela dejó escapar una sonrisita, y miró por encima de mi hombro, con socarronería, hacia el otro centinela. Sus uniformes eran de verdad, y me sonrojé violentamente al comprender que el que yo llevaba, de una talla menor para colmo, no era sino una especie de disfraz, cosido con amor, pero ridículo.

Extendí el sobre hacia el soldado. Lo abrió, leyó por encima.

—Ah, ya... Vienes para las cocinas... ¿Cómo te llamas, chaval? —preguntó sin levantar la vista del papel; no porque recelase de mí, sino más bien por costumbre, por cumplir mecánicamente con su deber. Por supuesto, no imaginaba que yo desconocía el nombre del interior del sobre. No había tenido la cautela de leerlo, y en ese momento me maldije por ello. Callé, con el corazón martilleándome en el cuello y la cara sonrojada.

—¡Qué pasa! ¿No sabes ni cómo te llamas?

—Vengo del orfanato de San Juan de Dios —repetí, aterrado y empezando a temblar. Por esa estupidez iban a descubrirme, a mandarme de vuelta al seminario, a quitarme mi destino glorioso de aviador.

—¡Chist! —alertó de pronto la voz del otro centinela—. ¡El coronel!

Un coche negro apareció raudo por la esquina y se dirigió hacia la entrada. El centinela me devolvió el sobre y, ya firme, se dispuso a hacer los honores. Yo seguí allí parado, como un pasmarote.

—¡Venga, chaval! —me increpó entre dientes—. ¡Desaparece! ¡Adentro!

No tuvo que repetirlo. Entré al cuartel y me detuve a un lado, a salvo de todas las miradas. No fue difícil pasar desapercibido. La atención de los pocos soldados que circulaban por el patio quedó acaparada por la apresurada maniobra del coche negro, que aparcó ante la dependencia principal. Un oficial se apeó a toda prisa y abrió la portezuela trasera. El coronel, un hombre pequeño y rechoncho de barbita blanca, descendió y se dirigió apresuradamente hacia el interior.

Abrí el sobre y leí en voz alta:

—Joaquín Dechén. Joaquín Dechén. Me llamo Joaquín Dechén —repetí para memorizarlo.

Era la primera vez que oía mi nuevo nombre, el que había sido del otro. El nombre que me acompañaría hasta hoy, hasta ahora, mientras te escribo al lugar del cielo donde te halles.

Enseguida me indicaron dónde podía encontrar al cabo. Era un hombre muy activo, que organizaba el trabajo en las cocinas del cuartel. Echó un vistazo desinteresado a mi carta de recomendación, asintió.

—¿Sabes pelar patatas? —preguntó. Sí, sabía, había ayudado muchas veces en la cocina del orfanato, pero no me dio tiempo a decírselo. Continuó hablando como si yo no estuviera—. Bueno, es igual. Si no sabes, ya aprenderás. Venga, empieza. Mondas finas, aquí no se desperdicia nada.

Y señaló hacia un punto detrás de mi espalda. Me volví y quedé mudo. Una montaña de patatas cubría, literalmente, la mitad de la sala. Tenía que ser una broma; allí había, al menos, un millón de patatas.

—Cuando hayas llenado esos cubos... —el cabo me mostró tres recipientes enormes; él y yo, y otros dos como nosotros, podríamos introducirnos en cualquiera de ellos y desaparecer en el fondo—. ¡Ojo! Llenarlo de patatas bien peladas. ¡Con las mondas finas! Pues eso, cuando los hayas llenado me buscas y te enseñaré tu catre. ¡Venga, a ello!

Y salió, dejándome solo ante la inmensidad de la montaña.

Sopesé con mucho ánimo la primera patata, diciéndome que ese era el primer peldaño de la escalera que me llevaría al cielo de los pilotos. Saqué mi tesoro, la foto doblada del vuelo del *Plus Ultra,* y lo coloqué cerca, a la vista, para darme valor. Pegado en la pared había un mapa de España, viejo y lleno de grasa, que reproducía también una ampliación de Ávila, la provincia, con la ciudad señalada en su interior por un punto grueso.

Años después, sería capaz de leer los mapas como la cosa más natural, pero en aquellos primeros momentos todo lo que no fueran los muros del orfanato, los campos que los circundaban y los pueblos cercanos donde a veces pasábamos el día me fascinaba e imponía respeto a partes iguales. El mundo me parecía un tablero en blanco al que yo, intrépido explorador, iba sumando compartimentos cada vez más lejanos y extensos: el hogar de las monjas primero; la provincia que había recorrido parcialmente en camioneta después; y ahora, el cuartel, tan cercano a Ávila capital que los soldados, en sus horas de permiso, se llegaban andando hasta ella. Y tal vez, algún día... ¡Madrid! ¿Podía concebirse destino mejor para un futuro aviador que la capital de España?

Empecé a pelar patatas mientras canturreaba en voz alta para hacer menos aburrida la tarea. Una patata, dos... y así hasta diez; una patata, dos... y así hasta diez. Cuando hube repetido el paupérrimo entretenimiento cincuenta veces, y luego otras cincuenta, me permití asomarme al primero de los cubos, hacia cuyo interior había ido lanzando las patatas peladas como si fueran pelotas. Al comprobar, espantado, que ni siquiera había llenado la mitad de aquel pozo sin fondo, sentí que me derrumbaba. Puse la espalda contra la pared del cubo y me deslicé hasta el suelo, resoplando. Nada detendría mi determinación, me decía por un lado, pero por otro, veía mis manos pobladas de ampollas, doloridas. Deseé echarme a llorar, regresar con las monjas, morirme. Incluso renunciar a volar.

Entonces me sobresaltó el sonido de la corneta tocando diana. ¿Ya había amanecido? Por un ventanuco vi que sí, y también que había bastante movimiento en el patio. Me encaramé hasta una ventana más alta y amplia y, poniendo un pie sobre la montaña de patatas que reposaba pegada contra la pared, espié como pude.

Los soldados, con las armas a punto, estaban formados. El coronel de la víspera y otros dos oficiales se hallaban en posición de firmes bajo el mástil de la bandera, que en ese momento un ayudante comenzaba a elevar hacia lo más alto. Observé, desconcertado, que la bandera no tenía los colores de siempre. Ahora era roja y amarilla, sin la franja morada.

—¡Soldados! —gritó el coronel, tras desenfundar su pistola—. Hace unas horas, nuestro glorioso ejército se ha levantado en armas contra la República y sus corruptos gobernantes. ¡Ha llegado la hora de salvar a España! ¡Gritad conmigo! ¡Viva España!

—¡¡¡Viva!!! —resonó por todo el patio.

—¡Viva el ejército!

—¡¡¡Viva!!!

—¡Soldados! —continuó el coronel tras los vítores—. ¡El vuestro es un deber sagrado! ¡No lo olvidéis jamás! Los oficiales os darán ahora las órdenes pertinentes.

En ese momento, perdí pie, resbalé por la ladera de patatas y rodé hasta el suelo, quedando semienterrado bajo ellas.

Y así, Constanza, comenzó para mí la Guerra Civil, gracias a la cual te conocería.

¿Existe el azar? Nunca lo he sabido. Hoy sigo sin saberlo. Si quince años antes de la guerra, al nacer yo, me hubiesen llevado a un orfanato de cualquiera de las provincias que permanecieron leales a la República, mi historia habría sido otra. Seguramente nunca habría sabido de ti. Pero incluso de haberme hallado en alguna otra de las provincias rebeldes, resulta muy improbable que se hubiera producido el hecho crucial para que tú y yo nos conociéramos: la llegada a mi vida del capitán Luis Cortés.

Hacía escasamente una semana que habría empezado la guerra. Debía de ser alrededor del veintitantos de julio, a primerísima hora de la mañana.

Había terminado mis tareas en la cocina y trataba de dormir en el catre, sin conseguirlo. A mi soledad interior se sumaba la sensación de incertidumbre y desamparo provocada por la guerra. Y ello a pesar de que en el cuartel, del que no me movía, reinaba la tranquilidad más absoluta. En Ávila, el triunfo del bando llamado nacional se había producido sin disparar un solo tiro. Sin embargo, era una paz angustiosa. Escuchaba las conversaciones de los soldados que volvían de misiones en la ciudad y la provincia, y se hablaba ambiguamente de detenciones y fusilamientos de nuestros enemigos, vecinos de esa misma ciudad, de esa misma provincia. Sabía que mis monjas estarían a salvo, pues se hallaban en nuestro bando. Pero temía por aquel chaval, bastante mayor que yo, que cada mañana llevaba el pan al orfanato en una camioneta. Las monjas, que cariñosamente le llamaban «rojo», bromeaban con él diciéndole que el día menos pensado lo encarcelarían a causa de las barbaridades que por lo visto solía decir. ¿Lo habrían detenido?, me preguntaba al amanecer de aquel día de julio. ¿Lo habrían fusilado?

Entonces, oí el ruido mágico. Desconocido y sin embargo tantas veces imaginado, que me resultó extrañamente familiar, casi reconocible. Ciertos sonidos, al oírlos por primera vez, despiertan en nosotros una leve inquietud, sobre todo si se producen en medio del silencio más absoluto. Este, por el contrario, me llenó de júbilo el corazón. Venía hacia mí desde la lejanía y tal vez... Esperanzado e incrédulo, me puse en pie con sigilo; no quería despertar a los otros pinches, que compartían dormitorio conmigo. Salí por una puerta lateral al patio y me oculté tras la cabina de un camión estacionado a unos metros. Lo último que quería era que alguien me viera y me obligara a regresar al interior.

A salvo de las miradas, agucé el oído y me esforcé en escuchar por encima del bombeo de mi corazón. Concentrándome mucho, logré distinguir un rugido mecánico que se aproximaba, casi estaba seguro de ello, desde el mismísimo cielo. No pude evitar incorporarme, salir ya sin cautela al centro del patio.

El rugido se acercaba. Yo miraba al cielo del norte, del sur, del este y del oeste, y rezaba para que no fuera una alucinación, para que el sueño a punto de cumplirse no se concretara, por ejemplo, en la decepcionante irrupción de algún tanque con el motor mal engrasado.

Pero no podía ser. El rugido venía de lo alto, seguro. ¿De qué parte, sin embargo? Y de pronto, comprendí. Los aviones necesitan pista de aterrizaje, y solo la gran explanada situada detrás del cuartel podría cumplir esa función.

Hacia allí corrí, preso de una ilusión que me parecía cosa de vida o muerte. Cuando accedí a la explanada me planté firme, haciendo visera con las dos manos y pugnando para que mi agitada respiración no me impidiese ubicar el lugar del que provenía el ruido del motor.

Tres hombres vestidos con monos marrones salieron de una de las dependencias habilitadas como taller, y vinieron caminando con tranquilidad hacia el lugar donde me encontraba. Charlaban animadamente entre ellos, intercambiando sonrisas y cigarrillos. No se habían percatado de mi presencia, y rogué para que no lo hicieran antes de que aterrizara el avión, cuyo motor rugía imparable y eufórico.

De pronto, uno de los operarios alzó la vista y me vio. En el acto comenzó a correr hacia mí, haciendo grandes aspavientos. Hipnotizado y feliz por la llegada del avión, no entendí qué me decía, aunque parecía que me hallaba en alguna clase de peligro. Me volví, y vi la muerte cara a cara. El avión, gigantesco, estaba encima de mí. Las hélices me iban a convertir en despojos.

¿Tiempo para correr? ¡Demasiado tarde! Quise gritar, pero la garganta no me obedeció. Solo atiné a cerrar los ojos todo lo fuerte que pude. Y entonces, a ciegas, sí logré chillar. Un alarido que, por supuesto, no logró imponerse sobre el estruendo terrorífico del motor. Algo me agarró del cuello y me lanzó por los aires. Volé como un pelele, dejándome llevar, sin voluntad siquiera de bracear en busca de asidero. Hoy, tantos años después, creo que en el fondo sabía que estaba volando, y mi cuerpo y mi mente, a pesar del pánico, encontraron algún placer en la sensación. A modo de absurda oración, me puse a contar, como en la cocina, metros recorridos por los aires en vez de patatas peladas. Uno, dos... y así hasta diez... Uno, dos... y así hasta diez. Aterricé bruscamente, y la inercia me arrastró por el suelo a velocidad inaudita. La tierra firme, salpicada de piedrecillas y grava, me raspaba las piernas, el pecho, la cara... De pronto, mi maltrecho cuerpo se detuvo. Había aterrizado. Casi en el acto, todo me empezó a arder. Traté de abrir los ojos. Para mi sorpresa, fui capaz de hacerlo.

¿Estaba vivo? ¿Estaba muerto? ¿Pasaba de un estadio al otro? ¿O era justo al revés?

Alguien me zarandeaba y gritaba en mi oído. Las monjas decían que San Pedro tenía las llaves del cielo, pero nunca hablaron de que te recibiera sacudiéndote. Mis ojos se fueron a lo alto. Allí seguía el avión, otra vez elevándose. A determinada altura, giró y picó para volver a intentar el aterrizaje. Tal vez regresaba para rematarme; aún así, no me moví. No podía apartar los ojos de él. Bajó, dominando las corrientes de aire y los vientos, tocó tierra y comenzó a rodar frenéticamente, brincando de vez en cuando como un potro enfurecido. Por fin noté que comenzaba a frenar; la sensación de que podía desintegrarse a causa de la velocidad fue aminorando, hasta que, simplemente, pareció un hermoso artefacto deslizándose con seguridad absoluta sobre la pista.

A pesar de la paliza y del dolor, se me dibujó una gran sonrisa al entender por qué seguía vivo. El aviador, al verme en el último instante, había maniobrado para esquivarme y se había alzado de nuevo para no matarme. ¡Me había salvado la vida! Miré a la cabina. El piloto saldría de un momento a otro por la portezuela. Dos de los operarios corrieron hacia el avión. El tercero estaba acuclillado a mi lado, era quien me sacudía y me preguntaba si estaba bien. Le hice un gesto brusco para que se callara, para que me dejase mirar.

La portezuela se abrió... Y ahí, ahí estaba el piloto.

Saltó a tierra y dejó el avión en manos de los operarios. Vino resueltamente hacia mí, sin pensarlo un instante. Parecía furioso, y lo estaba. Vestía mono gris, sobre el que lucía la guerrera abotonada hasta el cuello, del que colgaba descuidadamente un pañuelo rojo oscuro. Ceñida a la cintura, llevaba la pistola reglamentaria. En la cabeza, un casco como los que había visto infinitas veces en las fotos, con gafas de protección enganchadas al cuero marrón. Al quitárselo, resaltó el contraste entre la piel blanca alrededor de los ojos y la capa de polvo que cubría el resto del rostro, jovial y lampiño, con ojos azules muy claros. Me puse en pie sin dejar de mirarlo, de admirarlo. ¡Un aviador de verdad!

—¿Se puede saber qué demonios hacías ahí parado? ¡Casi te mato y me mato yo! ¡Chaval, que te hablo a ti!

Era verdad, me gritaba a mí. ¡Todo un piloto! Me arrasó la euforia. ¡Me insultaba a mí! ¡Me consideraba! ¡Existía para él! Sentí mi espíritu pletórico, supe que podía realizar cualquier hazaña.

—¿Has cruzado el Atlántico? —le chillé fuera de mí, en éxtasis, tan repentino en mi júbilo que logré desconcertarlo. Miró a los operarios, uno de ellos se encogió de hombros—. ¿Eh? ¡Di! —osé sacudirle la manga de la guerrera; pensaba que tal vez podía ser alguno de los héroes del *Plus Ultra*, Franco o Ruiz de Alda—. ¿Has cruzado el Atlántico?

Se me quedó mirando, divertido de repente. Soltó una risita seca.

—¿Se puede saber de dónde sales tú?

Ciertamente, era complicado explicárselo. Uno de los operarios lo hizo por mí:

—Es uno de los pinches de cocina, mi capitán.

¡Capitán! Quien casi me mata era piloto y capitán, ¡nada menos! Tal vez por ello me irritó tanto la explicación del operario.

—¡Soy aviador! —afirmé, resuelto y orgulloso—. Bueno, lo seré algún día.

El capitán me miró reflexivamente, con simpatía que sentí sincera. Sonrió de nuevo. Otro de los operarios interrumpió, estropeando el embrujo del momento, el muy estúpido.

—Capitán Cortés. Disculpe, pero el coronel le espera...

Sin prestarle atención, Cortés me entregó su casco.

—Toma. Guárdame esto hasta que vuelva.

Cogí el regalo como si fuera el mayor tesoro del mundo, casi asustado de la generosidad del capitán y de la responsabilidad que de pronto me había caído sobre los hombros.

Cortés, entonces sí, comenzó a caminar deprisa hacia su encuentro con el coronel.

—¡Me llamo Joaquín! —grité hacia él—. ¡Joaquín Dechén!

Cortés se giró. Sin detenerse, caminando hacia atrás tres o cuatro pasos, me hizo un guiño.

—Y yo Luis. Luis Cortés. Cuídame bien el casco, chaval. ¡Me lo debes! Te he salvado la vida, acuérdate.

Desaparecieron por la entrada del taller. Quedé solo en la pista de aterrizaje, sosteniendo junto al avión el casco del piloto. La cima del mundo.

Me aproximé más al aparato. Un vértigo me subió desde las tripas, creciendo y mordiendo, y cuando rocé una de las alas hube de apoyarme en el fuselaje, a punto de perder el sentido.

Dudé si ponerme el casco o no, pero al final opté por hacerme una promesa: me pondría por primera vez un casco como ese únicamente cuando fuese ya piloto.

—Lo juro —dije en voz alta.

Las gafas del casco me observaban, me contestaban, parecían hablarme... Me sugirieron la idea de que iba a cambiar mi vida.

Corrí a recoger mis pertenencias, mis únicas, mínimas y amadas pertenencias: la cartilla con mi nombre y la foto del *Plus Ultra*. Tú, ya sabes, Constanza, que tener pocas cosas ayuda a partir. Casi setenta años después, el viejo a punto de morir que es hoy aquel niño del amanecer de Ávila sigue sabiendo que se necesita poco equipaje para alzar el vuelo... Pero entonces, naturalmente, no era una despedida como la de hoy, sino el inicio de algo. ¡La gran aventura de la vida!

El avión del capitán Cortés era pequeño, con capacidad para ocho o diez pasajeros. Abrí la portezuela y me colé en la cabina. Dejé su casco sobre los mandos, para que cuando volviera pensara que me había aburrido de esperarle, y me adentré en la parte trasera del avión. Comprobé que entre el hueco de la segunda y la tercera fila de asientos podía ocultarme, siempre que tuviera suerte y Cortés no mirara con detenimiento. Me senté y esperé. Pensé en mi amigo cura, el verdadero Joaquín Dechén que ahora paseaba mi nombre, Javier Álvarez, por el seminario. Creo que de no haber tenido la osadía de cambiar nuestras vidas, no me habría atrevido a emprender mi aventura de polizón aéreo. Pero si aquello había salido bien, ¿por qué no iba a ocurrir lo mismo en esta ocasión? Además, Luis Cortés era un hombre valiente y generoso, estaba seguro de ello. Sabía que me llevaría consigo.

Regresó al rato, cuando ya el sol ascendía. Venía con el coronel y otros oficiales. Si subían todos al avión mi viaje habría terminado en el acto, pero comprobé con alivio que solo acompañaban a Cortés para despedirlo.

—Transmítale mis respetos —el coronel, al pie de avión, extendió la mano hacia Cortés.

—Ya sabe cuánto le aprecia el general —Cortés se la estrechó y luego dedicó a su superior el reglamentario saludo militar.

Entró a la cabina y se colocó el casco con naturalidad, sin un solo gesto que me permitiese pensar que se preguntaba dónde estaba yo, cosa que me tranquilizó y a la vez irritó un poco. Enseguida puso en marcha el motor.

—¡Payaso! —dijo, sonriendo hacia el coronel, que ya no podía oírle por el ruido de las hélices—. ¡Aquí te vas a pudrir por cobarde!

El insulto de Cortés me supuso un choque y una sorpresa. Nunca, en toda mi vida, en ninguna parte, había oído a nadie insultar a un superior; y menos con esa sorna.

Cortés se lanzó hacia la pista. A medida que tomaba velocidad, todo empezó a vibrar. Cada tornillo del fuselaje y cada hueso de mi cuerpo amenazaban con desencajarse. Sabía que gritar me aliviaría, pero en tal caso me descubriría y sería devuelto al monte de patatas. Apreté los dientes, y todos los terremotos del mundo se concentraron en ellos. No pude más. Grité, pero logré que fuera hacia adentro, una especie de chillido afónico, por fortuna inaudible, que logró consolarme. Tras los primeros e interminables segundos, y tras verificar que Cortés, demasiado ocupado en el despegue, no podría verme, me atreví a elevar la cabeza hasta la altura de la ventanilla. El suelo, como todo lo demás, se movía debajo de nosotros a una velocidad inimaginable que crecía y crecía y crecía. De un momento a otro nos estrellaríamos, explotaríamos, sufriríamos la desintegración total... Pero, de repente, todo fue serenidad. El aire nos sostenía; bailábamos, llevando elegantemente el compás, dentro de un mar sin agua. En su fondo irreal se veían campos sembrados y prados verdes; también una miniatura del cuartel, que se hacía más y más pequeña a medida que subíamos; y vacas en movimiento, del tamaño de las del belén del orfanato; y, alrededor, en todas direcciones, nubes, muchas nubes, infinitas nubes blancas que parecían indicar el único camino a seguir: más arriba, más arriba, más arriba... ¡Hasta el fin del cielo!

Flotamos durante..., ¿quién sabe cuánto tiempo? El avión planeaba en el espléndido cielo azul sin viento. Con osadía contagiada del gozo del vuelo, me senté en uno de los asientos, ajeno a la presencia de Cortés, que podía volverse y descubrirme, y así me concentré en el éxtasis, que de esa forma fue pleno.

Al cabo de un tiempo que fui incapaz de precisar, el avión inició el descenso. ¿Acababa ya? ¿Esto no era para el resto de mi vida? Me inquieté, volvíamos a la realidad. Sin embargo, no había debajo ciudad alguna, tampoco un cuartel o una pista de aterrizaje que mereciera ese nombre, solo un campo largo, amarillo, sobre el que Cortés comenzó a girar como si buscara algo. Y entonces lo vi.

En el suelo, en medio de la nada amarilla, se distinguía la forma de un avión posado. Junto a él, un hombre solo, en pie, parecía aguardar nuestra llegada.

Descendimos hacia el campo; si el otro había logrado aterrizar, Cortés, que para mí era ya el mejor piloto de todos los tiempos, también lo conseguiría. Me encogí, preparándome para regresar bajo el asiento tan pronto como el aparato se detuviera sobre el suelo.

Enfilamos la pista, bajamos, posamos las ruedas en tierra, brincamos y por fin nos detuvimos igual que la otra vez. Era una técnica, se podía dominar y perfeccionar. El cielo se podía domesticar. Me oculté. Cortés apagó el contacto y descendió del avión tras comprobar que su pistola estaba lista. ¿Había peligro en el encuentro inminente?

Traté de relajarme. Tenía los oídos taponados y un terrible dolor de mandíbula, debido a que durante todo el vuelo mantuve la boca abierta por el asombro, como un tonto. La moví a un lado y a otro mientras, sigilosamente, me apostaba junto a la ventanilla del otro lado para espiar.

El hombre vino hacia Cortés, que fue a su encuentro. El desconocido vestía mono azul de trabajo y calzaba alpargatas; muy vulgar, como un mecánico de coches, inadecuado para un hombre capaz de volar. La única similitud con la elegancia castrense de Cortés la constituía la pistolera que le colgaba del cinturón. Llevaba la tapa abierta; lista, como la del capitán, para sacar el arma. Era más bajo que Cortés y quizá algunos años mayor, además de un poco rechoncho o con tendencia a engordar; en todo caso, de aspecto mucho menos glorioso que mi héroe. Si al ver por primera vez a Luis Cortés, imaginé que podía ser Ramón Franco o Ruiz de Alda, este nuevo piloto me hizo pensar instintivamente en el mecánico que cruzó el Atlántico con ambos; tal vez porque, como él, tenía el pelo rizado y muy negro. Parecía haber nacido para permanecer en segundo término; a la sombra siempre, en todo caso, de mi capitán.

Por fin, los dos hombres se hallaron frente a frente, a cincuenta metros de mí. Quietos, en silencio, alerta... ¿Iban a dispararse? De repente, sin previo aviso, se acercaron más y se fundieron en un abrazo intenso, de hermanos o amigos íntimos; duró unos cuantos segundos, durante los cuales dejaron fuera el mundo exterior, que, sin embargo, regresó inevitablemente cuando se separaron. Entonces la brisa comenzó a traerme un rumor de palabras remotas, ininteligibles: hablaban, y lo hacían sin sospechar que se les vigilaba. Cogí los prismáticos de Cortés. Así pude ver sus cabezas; Cortés dándome la espalda y el rostro del otro frente a mí, moviendo los labios. Le adornaba la cara un bigote negro, poblado, y la barba del mentón necesitaba un rasurado. Sus ojos eran graves, yo diría que tristes, desolados. Movía los labios despacio, sin dejar de sostener la mirada de Cortés, y llevaba la iniciativa de la conversación. Intuí que contaba a mi capitán una historia importantísima, y seguramente trágica.

De pronto, Cortés dio un paso hacia atrás, tambaleándose como si las palabras del otro lo hubieran acuchillado. El hombre del bigote, desgarrado también, avanzó hacia él, extendió un brazo con intención de socorrerle. Pero el capitán, apartándose, se llevó las manos a la cabeza y gritó. El alarido llegó nítido a mis oídos, esparciéndose sobre el campo antes de que el silencio volviera a dominarlo todo.

El capitán dobló las piernas, fulminado por el abatimiento, y permaneció arrodillado, recuperando el resuello mientras sorbía las lágrimas. Era triste y terrible ver así a un héroe. El otro trató de confortarlo, pero Cortés lo rechazó agriamente. Oí cómo chillaba otra vez, ahora rabioso, pidiéndole que desapareciera.

Desolado, el hombre del bigote optó por obedecer. Se apartó, poco a poco, y fue luego hacia su avión.

Pero Cortés, de repente, se puso en pie, sacó la pistola, apuntó hacia él y le llamó con un grito:

—¡Ramiro! —fue el nombre que resonó en el solitario lugar.

Ramiro percibió, como yo, la agresividad del rugido. Se giró a toda prisa, a la vez que desenfundaba su arma. Los dos hombres quedaron uno frente al otro, encañonándose. Ambos esperaban a que el otro abriera fuego, pero ninguno de los dos se decidía a disparar primero. Como si lo hubieran comprendido, fueron bajando poco a poco las pistolas, aunque sin dejar de vigilarse. Con la suya amartillada y sin darle la espalda al contrario, Ramiro caminó hacia atrás, llegó hasta su avión, se encaramó en él y despegó.

Cortés pudo aprovechar una o dos veces para dispararle por la espalda, pero no lo hizo.

Cuando el avión de Ramiro hubo desaparecido en la lejanía, se sentó en el suelo y permaneció allí, indiferente al aplastante calor, con la cabeza hundida y los hombros caídos, durante minutos, durante horas, hasta que cayó el sol y surgió la oscuridad de la noche, azulada por la luna llena. Pero él no parecía dispuesto a moverse.

Mi aventura, mi huida sin rumbo del cuartel, había encallado en esta insólita situación que no tenía trazas de acabar: Cortés, ensimismado, celebrando lo que parecía un funeral íntimo, ajeno a todo, y, por supuesto, entre otras cosas, a mi insignificante persona y a los pequeños detalles que me afligían, como las urgencias de mi vejiga, oprimida durante horas por la incómoda postura.

Cuando no aguanté más, me deslicé por el pasillo, llegué a la cabina y salté fuera lo más silenciosamente que fui capaz. Me alejé unos metros del avión y pude por fin aliviarme; y recuperar, gracias a la placidez física, los ánimos para seguir adelante. ¿Hacia dónde? Solo podía regresar al avión y esperar a que Cortés decidiera moverse.

Entonces le oí sollozar. Apenas hacía unas horas que lo conocía, y ya le había visto tratarme con cariño, pilotar un avión, despreciar a un superior, gritar de dolor y amenazar con un arma a un hombre que era o había sido su amigo. Ahora, además, le veía llorar. Tú solías decir que los hombres, cuando lloran, si son buenos, se vuelven desvalidos, y si son malos, se vuelven, por un instante, buenos.

—¡Javier... Javier...! —susurró Cortés, para mi estupor. ¿Cuándo y cómo me había descubierto? Y, sobre todo, ¿cómo podía conocer mi nombre, el verdadero, el que se había llevado el cura? Ciertamente, el capitán era prodigioso. Manejaba conocimientos y técnicas cuya existencia yo ni sospechaba.

Di dos pasos hacia él.

—¿Sí? —dije con sumisión.

Se revolvió como un gato, tan ágil y veloz que me sobresalté. Cuando pude reaccionar, ya estaba en pie ante mí, con la pistola en la mano y una inquietud fiera en la mirada. Sus ojos, a la luz de la luna, se veían irritados por el llanto. Tardó un par de segundos en reconocerme y, entonces, expresó sorpresa mezclada con enfado. Comprendí, imbécil de mí, que no había pronunciado el nombre de Javier por mí, sino por otra persona, con toda seguridad aquella por la que lloraba.

—Pero... —acertó a decir Cortés, aún desconcertado—. ¿Se puede saber de dónde sales?

Era lo que me preguntaba siempre que me veía; pensé en hacérselo notar, pero no era momento de bromas.

—Del avión, mi capitán.

—¿Del avión? —miró hacia el aparato. Aún tardó unos segundos en hilar cabos; su ensimismamiento doloroso le hacía pensar con lentitud. Debía actuar ahora o nunca. Me acerqué hasta él para que me viera los ojos, para que supiera que no mentía.

—Mi capitán —le dije con toda solemnidad—, ¡tengo que ser aviador! Si no lo soy, me moriré. ¡O me hago aviador o me muero!

Cortés no entendía nada; pero, al seguir extraviado en su sufrimiento, tampoco le molestaba mi presencia. Se apartó unos pasos.

—Javier también era piloto. Ahora está muerto.

—¿Quién es Javier? —pregunté; por ese camino tenía más posibilidades de aproximarme a él, pero además mi lástima por su dolor era sincera.

—Es mi hermano —explicó muy despacio, como si buscara aceptar la idea—. Era, mejor dicho. Era mi hermano. Lo mataron hace cuatro días. En Madrid. Acaban de decírmelo.

Y señaló vagamente hacia el cielo por donde había desaparecido Ramiro.

—¿Seguro? —intenté animarle—. A lo mejor el piloto ese se equivoca... Ramiro, ¿no? Oí que le llamaba así.

Cortés levantó la vista hacia mí; parecía preguntarse qué más había oído:

—Ramiro no se equivoca. Lo sabe muy bien. Vio el cadáver de Javier. Él lo mató.

Y al pronunciar esa frase, brilló en sus ojos un destello de odio similar, me imaginé, al que hace un rato le había impulsado a sacar la pistola y amenazar al otro.

—¿Y por qué ha venido a decírselo?

—Porque es mi amigo —respondió categórico el capitán. Su respuesta, el simple hecho de haberla pronunciado, pareció asombrarle; enseguida regresó al tono dubitativo, sombrío—. O lo fue. Mi mejor amigo. Y también de mi hermano. Me llamó por teléfono. Ramiro, me refiero. ¿Sabías que en las guerras los teléfonos, a veces, siguen funcionando? Me llamó porque quería decírmelo cara a cara. Al menos, no se ha escondido... Nos citamos aquí. En este campo, hace años, él y yo hicimos muchas prácticas de aterrizaje. Cuando estábamos aprendiendo a volar.

—Si Ramiro y Javier eran amigos, ¿por qué lo mató?

—En Madrid fracasó el levantamiento militar. Javier lo apoyaba y, al ver que salía mal, se refugió con otros militares en el Cuartel de la Montaña. ¿Has oído hablar del Cuartel de la Montaña?

Negué con la cabeza. Cortés se interrumpió con un largo suspiro.

—Mejor para ti —concluyó.

Subió a la cabina del avión mientras yo permanecía parado, preguntándome si me invitaría a ir con él o no. La noche y la soledad del descampado resolvieron a mi favor, porque, evidentemente, no podía abandonarme allí. Me llamó con un gesto. No me hice de rogar, y al poco estaba sentado junto a él, frente a los mandos del copiloto.

Cortés aceleró por la pista improvisada que iluminaba la luna llena. Disfruté otra vez del miedo jubiloso.

—¿Te has fijado bien en Ramiro? —me gritó Cortés por encima del ruido del motor—. ¿Lo reconocerías si lo volvieras a ver?

—Sí, seguro —grité a mi vez, mientras le miraba fascinado: las manos firmemente aferradas a los mandos, la vista clavada en el frente, total dominio del panel de control y, todo ello, sin dejar de hablar. Una victoria total sobre la noche que nos engullía.

—Y dime..., Joaquín... —desvió un instante los ojos hacia mí. Sentí un orgullo profundo al oírle pronunciar mi nombre, aunque fuera un nombre robado, y se me humedecieron los ojos de emoción—. ¿Harías algo por España? Muy importante... Algo heroico. Por tu patria... y por mí. ¿Me ayudarías a ganar esta guerra?

Y entonces levantó el morro hacia la oscuridad. Un leve vértigo, el estómago despegándose de mi interior para flotar unos instantes dentro de él; y luego, de nuevo, la paz del cielo dominado. Cortés guardó silencio hasta que estabilizó el aparato en el aire. Luego dijo:

—No te oculto que tiene peligro —Cortés calló un instante y volvió el rostro hacia mí—. Hace falta valor. Como el que le falta al tonto del coronel del aeródromo, que ha preferido quedarse en retaguardia en vez de aceptar el mando que he ido a ofrecerle... Pero tu misión estaría relacionada con los aviones que tanto te gustan. Me has dicho que te gustaría ser piloto, ¿no? Anda..., coge los mandos.

—¿Yo? —le miré aterrado y feliz.

—Sí, tú. Es sencillo —Cortés sonreía—. Venga, confío en ti.

Y sin dejar de mirarme, se cruzó de brazos, dejando el avión sin control. Muerto de miedo, agarré a toda prisa los mandos. Eran iguales a un volante de coche, pero sin un fragmento en la parte superior. El sudor me empapó la ropa.

—Suave —dijo Cortés—. No hagas fuerza, la dirección es muy sensible. Si lo mueves hacia la derecha, manteniéndolo horizontal, va a la derecha. Le das a la izquierda, y va a la izquierda. Prueba.

Lo hice. El avión viró a un lado y a otro, obedeciendo mis órdenes. Supe que el mundo se podía dominar y, al saberlo, el corazón me subió a la boca, como un vómito de euforia. Notaba la felicidad. Su olor en la nariz. Su peso sobre mis hombros.

—Si empujas hacia dentro, el avión baja; si tiras hacia ti, sube. Prueba.

Lo hice. Me gustó aún más, sobre todo elevar el morro hacia la oscuridad que ya nos había envuelto por completo. Grité de alegría, me reí histéricamente. Unas horas antes, pelaba patatas; ahora, era el dueño de la noche.

—¡Eh, cuidado! —Cortés recuperó los mandos—. Hay que controlarlo, no ponerlo en barrena. Pero tranquilo, yo te enseñaré. Verás mañana, cuando volemos de día y veas todo lo de abajo iluminado por el sol... Entonces, ¿qué? ¿Me ayudas a ganar la guerra?

—¿Hay que ir al frente? ¡Haré lo que sea! —y no mentía. Mi agradecimiento y entrega al capitán eran totales. Gracias a él, era feliz por primera vez en mi vida. Totalmente feliz, pero consciente de que lo podía ser aún más. ¿No es eso lo mejor de la felicidad? El momento en que parece que no tendrá límites.

—Nada de trincheras, hombre. Tu misión, tu vital misión, está en otro sitio... ¿Has estado alguna vez en Madrid?

Quedé mudo por la emoción. Acababa de pilotar un avión, un héroe del aire se había convertido en mi amigo, el mismo héroe que se disponía a llevarme a Madrid; esa ciudad que durante mi vida en el orfanato no era otra cosa que el punto más grande en el centro del mapa de

España, abstracto e inalcanzable, inconcebible para mis, hasta entonces, cortas miras. Y, sin embargo, la vida, tú lo solías afirmar, nos sorprende continuamente con oportunidades jamás soñadas. No quise parecer ignorante ante Cortés y me apresuré a matizar:

—No he estado..., pero sé que es la capital de España.

Y luego, como quitándole importancia, añadí:

—¿A qué parte de Madrid?

—A una casa de su mismísimo corazón, Joaquín. ¿Has oído hablar de la glorieta de Atocha?

¿La casualidades solo existen en las novelas?

Cualquiera habría intuido, como me pasó a mí, que la casa de Atocha, aludida en el libro de Dechén, era la misma en cuyo salón me hallaba yo, y precisamente leyendo dicho libro.

Recorrí la habitación con la vista. Hay pocas cosas que me fascinen tanto como el paso del tiempo; su acontecer inevitable, esa sucesión de segundos que se van apilando, indiferentes a nosotros, y dejan atrás las glorias, los errores y aciertos, los éxitos y fracasos, e incluso la memoria del amor. Pienso en pronunciar las palabras «una casa en la glorieta de Atocha» y es tiempo futuro; pronuncio las palabras «una casa en la glorieta de Atocha» y, apenas digo la última «a», ya pertenece al pasado.

Entonces oí un ruido en la puerta de la entrada.

Cuando una casa nos es poco familiar, todos sus sonidos nos parecen inquietantes, además de muy cercanos, aunque luego resulten estar originados fuera, en el patio de vecinos o al otro lado de las ventanas. Pero en este caso no había duda: los ruidos venían de la puerta y parecían, exactamente, los que provoca alguien que introduce una llave en la cerradura y trata de abrir sin conseguirlo.

Fui hacia la puerta en silencio; un paso tras otro, temeroso, hasta hallarme ante ella. Había cogido instintivamente la espátula. Además de ser un arma inofensiva, me otorgaba una apariencia ridícula. Solo tenían llave de la casa Enrique y el propietario del inmueble; sería alguno de ellos, pensé para tranquilizarme.

Y abrí de golpe.

A pesar de estar prevenido, me sobresalté. Los ojos del anciano me miraban espeluznados por el susto que a mi vez le había dado, pero trató de mantener cierta serenidad. Reconocí su rostro. Era el mismo de la foto del carné de identidad de la cómoda. Joaquín Dechén, el inquilino del piso; mejor dicho, el ex inquilino; mejor aún, el ex inquilino que había intentado entrar al piso con la tranquilidad de un inquilino legítimo y, sin embargo, se estaba comportando ante mí como un ladrón.

—¿Quién es usted? —dijo, de repente, nervioso.

—¿Yo? Dirá quién es usted, más bien... —le contesté lo más resueltamente que pude, que fue bastante poco; los enfrentamientos personales me incomodan y amedrentan, tengo tendencia a esquivarlos. Así que, para suavizar la tensión, añadí una coletilla tras mi firme respuesta—. Soy el encargado de la obra, el decorador. Raspo las paredes. Para quitar el papel pintado. ¿Ve?

Y alcé ante sus ojos la espátula.

—Ah —asintió Dechén. ¿Me decidía a llamarlo por ese nombre? Parecía lo más lógico—. El papel pintado, ya...

—¿Y usted? ¿Quién es usted?

Sonrió para tranquilizarme. Había recuperado ya la sangre fría.

—Soy el portero de la finca de al lado —mintió—. Tengo amistad con el inquilino de esta casa...

—¿Amigo de Joaquín...? —dije para ver su reacción.

—De Joaquín Dechén, sí.

—¿Cómo es que tiene sus llaves?

—Él me las dio, hace tiempo —y agitó el llavero ante mí—. Cuando Joaquín se iba de viaje, por trabajo, yo venía de vez en cuando a ver si todo estaba en orden. A veces me quedaba a ver la *tele*, como yo no tengo... Y ahora, un vecino de mi escalera quiere comprar un piso por la zona... Había pensado en enseñárselo, y quería ver si estaba todo presentable. No tenía idea de que estaba ya vendido —concluyó con total descaro.

¿Para qué había venido en realidad?

—Pero, bueno, si es así, me voy. Que trabaje usted bien.

Se apartó y comenzó a bajar las escaleras. Permanecí en la puerta, observándolo. Calculé que antes de seis peldaños se volvería para tratar de sonsacarme discretamente alguna información. Porque estaba claro que había venido en busca de algo. ¿Qué? ¿Tal vez su teléfono móvil? Habría sido muy simple conseguir que se lo diera, bastaría con haber dicho: «soy el antiguo inquilino, dejé ayer la casa y olvidé mi móvil. ¿Me lo puede dar?».

Un escalón, dos... Yo sonreía desde el umbral de la vivienda. Tres escalones, cuatro... En el quinto se volvió.

—Por cierto...

—¿Sí? —ensayé una sonrisa de inocencia.

—Joaquín se había quedado con un libro mío para encuadernar... He ido a la tienda y me han dicho que lo han entregado. ¿No lo habrá cogido usted? Es un libro de tapas verdes, parecido a un álbum de fotos...

—¿Verdes, dice? Pues no... —me masajeé la mandíbula para ilustrar mi ignorancia. Así que se trataba del libro. Pensé en hacerle sufrir un poco, pero la angustia invadió de tal forma su expresión que me apiadé de él. Y mentí con el objetivo de aliviarle—. ¡Un momento! Ahora que lo pienso, llamó un mensajero desde abajo.

—¡Ah! —suspiró—. ¿Y qué dijo?

—Que traía un paquete, tiene usted razón... Le dije que volviera más tarde. Si me deja un teléfono —añadí con astucia—, yo le aviso...

—Un teléfono... —repitió en voz baja, dubitativa.

—En la portería tendrá teléfono... ¿No? O un móvil. ¿No tiene móvil?

—No... —mintió otra vez—. Y el caso es que no puedo esperar... Tengo que ir al aeródromo...

¡Aeródromo!

Tal vez si no hubiese pronunciado esa palabra, le habría entregado su libro sin inmiscuirme más. Pero la había pronunciado.

—¿Hasta que hora trabaja? —me preguntó.

—Hasta las siete de la tarde, más o menos.

—¿Le importa recoger el paquete y guardármelo hasta esa hora? Vendré a por él.

—Encantado, yo se lo guardo —le sonreí, tranquilizador.

Y se fue, aparentemente satisfecho. Cerré la puerta. A las siete le tendría que dar su libro, y decidí fotocopiarlo para leerlo con calma y saber qué había pasado en la casa el siete de noviembre de 1936. O el seis, porque la mano que raspó la inscripción en la pared intentó primero grabar esa otra fecha en la piedra.

Y aquí entraba yo, descubriéndolo otro seis de noviembre de casi siete décadas después. ¿Casualidad?, me pregunté. Y respondí en voz alta, con esa máxima en la que los escritores, igual que casi todo el mundo, creemos firmemente:

—Las casualidades solo existen en las novelas.

Cogí el libro y bajé las escaleras. Me había fijado en que había una papelería cerca, y probablemente podrían hacerme las fotocopias. Guardé el libro en el sobre de burbujas donde lo trajo el mensajero y eché dentro el móvil, para no olvidar devolvérselo también al anciano.

Camino de la papelería, volví a ver a Dechén.

Se hallaba acodado en la barra del bar situado en la esquina. Era un típico bar madrileño de barrio, con olor a aceite y tapas poco apetecibles, el televisor a todo volumen sobre una repisa a tres metros del suelo y dos maquinitas tragaperras descoloridas y ruidosas. Tenía ante sí una copa de balón pequeña, llena de un líquido oscuro, probablemente, coñac barato. Estaba muy quieto, ensimismado. La curiosidad me pudo. Dejé el libro para que me lo fotocopiaran y, aprovechando que el bar tenía acceso por dos calles, entré por la puerta más alejada de Dechén. Me instalé semioculto tras una columna, de forma que no pudiera verme, pero yo a él sí.

Miraba su copa en silencio sombrío, que contrastaba con su falsa alegría de apenas unos minutos antes. Completamente estático, parecía temeroso de respirar, como si esa acción pudiera convocar alguna clase de infortunio sobre él. Lo observé durante dos, tal vez tres minutos, durante los cuales, en algún momento, me asaltó la convicción de que había muerto sin que ninguno de los clientes del bar nos hubiéramos dado cuenta. Rechazaba la idea por absurda, pero a los pocos segundos regresaba para rondarme de nuevo la cabeza; en una de esas, logró convencerme. Estupefacto, pero persuadido a la vez de que Dechén acababa de fallecer, me incorporé y di un paso en su dirección. Me encontraba frente a él. Por fuerza tenía que haberme visto. No podía estar fingiendo hasta el punto de no haber parpadeado siquiera por el desplazamiento de mi cuerpo. Además, un joven que se encontraba entre un grupo de obreros de mono azul echó una moneda a la tragaperras y ganó. Dejó escapar un sonoro vozarrón hacia sus compañeros, y la máquina escupió alegre y ruidosa un puñado de calderilla. Dechén no se inmutó. Di otro paso hacia él. Y entonces vi la lágrima.

Una gruesa lágrima solitaria se deslizó muy despacio desde el ojo derecho del anciano, recorrió la piel bordeando la nariz, rozó los labios y cayó sobre el líquido de su copa. Esa lágrima, apenas un temblor sobre la superficie del alcohol, fue, sin embargo, el terremoto que sacudió a Dechén y le puso en marcha. Parpadeó como si regresara de un sueño inhóspito, miró a un lado y a otro y, de un trago, se bebió el coñac y la lágrima.

Salió a la calle. Lo seguí, intrigado, tras recoger el libro y las fotocopias. De pronto quise saber qué drama resumía esa única lágrima.

Dechén ascendió por la calle Atocha, en dirección hacia la Puerta del Sol. Yo iba tras él. Resultaba extraño portar la autobiografía del hombre que caminaba delante de mí y que era en realidad dos hombres: el que, por así decirlo, llevaba yo en la mano, encuadernado en tapas verdes imitación piel, y el que andaba resuelto Atocha arriba, ágil, a pesar de su edad y del estado de ánimo que había desencadenado la lágrima decisiva.

Sonó mi móvil. Contesté. Era mi amigo y benefactor Enrique:

—¡Qué! ¿Cómo llevas las paredes?

—¡Bien, bien...!

—¡Qué ruido! Parece que estás en la calle.

—Es que me he asomado a la ventana para hablar mejor. Oye, por curiosidad, el Dechén ese, el que vivía en la casa... ¿Tú sabes por qué se fue? Es un piso estupendo.

—Ni idea. Supongo que Cortés le haría una buena oferta.

—¿Cortés? —pregunté, realmente sorprendido—. ¿Quién es Cortés? ¿El aviador?

—¿Aviador? ¡Qué dices! Paco Cortés, el dueño del inmueble. Mi cliente.

—¿Seguro que no era aviador?

—¿Te encuentras bien?

—Enrique, ¿puedes hacerme un favor? Necesito todos los datos que tengas de Joaquín Dechén y de la venta de la casa.

—¿Para qué?

—Confía en mí. Te lo pido por favor. Te llamo por la tarde, ¿de acuerdo? Y me los das.

Una motocicleta pasó a mi lado haciendo ruido. Enrique receló.

—¿Estás en la calle?

—¿En... que? —empecé a decir, pronunciando sílaba sí, sílaba no—. No c... rt... ura... E... riq... Llam... uego.

Y colgué sin más.

Eso me recordó que llevaba conmigo el móvil de Dechén. ¿Por qué lo había abandonado en la casa, premeditadamente arrojado a un cajón? ¿Por qué no me lo pidió cuando vino a por el libro? Examinar el teléfono, su agenda y los posibles mensajes del buzón, era una indiscreción que me tentaba. Lo hice, pero no saqué nada en claro. No había mensajes grabados, y todas las llamadas entrantes archivadas, así como las salientes y alguna perdida, respondían al mismo nombre, que a la vez era el único grabado en la memoria de la agenda: Constanza.

¿Debía haberlo imaginado? Puede...

Dechén entró en el metro. Le seguí, apostado discretamente en el otro extremo del vagón. Mi prudencia era innecesaria. El anciano se sentó y permaneció todo el viaje ensimismado, con los antebrazos apoyados sobre los muslos y la cabeza gacha. ¿Rezaba, se preparaba para algún encuentro dramático?

Llegamos al final de la línea, ya casi solos en el vagón. Salió, fui tras él.

En la calle, caminó unos doscientos metros hasta una parada de autobús. Me acerqué, con el libro y las fotocopias ocultos bajo el chaquetón y el rostro cubierto por la bufanda de nariz hacia abajo. Dechén, de todas formas, no reparó en mí.

El autobús salió de la ciudad. Fuimos dejando atrás un par de ciudades dormitorio, bloques y bloques de viviendas, algún parque espacioso. Al final íbamos solos el conductor, Dechén en la segunda fila y yo en la última. Por fin se apeó, y echó a andar de nuevo, esta vez campo a través, hacia una serie de hangares situados a unos cientos de metros, tal vez un kilómetro de distancia.

Divisé algunas avionetas; en el acto, por asociación de ideas, identifiqué sonidos de motores que se oían a lo lejos. No estábamos en una pista de pruebas de coches de carreras, como pensé inicialmente, sino en el aeródromo al que se había referido Dechén.

Fue directo, a buen paso, hacia uno de los edificios bajos, todos similares y prefabricados, situados junto a la pista. Sobre la entrada, un cartel decía «Avionetas Atocha». Dechén miró a un lado y a otro, y sacó una llave que introdujo en la cerradura sin dejar de vigilar. Era la actitud de un ladrón, igual que en el piso, una hora y media antes.

Abrió y desapareció en el interior. Me senté a esperarle en la desangelada cafetería. Desde mi mesa, junto a la ventana, veía perfectamente la entrada de «Avionetas Atocha». Y seguí leyendo, a la espera del momento en que se unieran la historia del treinta y seis y la del presente, la de hoy.

¿O debía decir la de mañana, siete de noviembre?

Hombres Insecto, soles nocturnos

Soles rojos: nacen y mueren en una décima de segundo, durante la cual son los reyes de la noche, el centro del universo... Hombres Insecto: rabiosos y patéticos, desfilando en la lejanía del suelo, a los pies del gigante invicto... El Idioma de Luz: formado por destellos en vez de letras, por oscuridad en lugar de pausas entre las frases...

Eran acertijos que Cortés proponía a mi fascinada imaginación, durante las largas, maravillosas semanas que dedicó a enseñarme los secretos del vuelo.

Me llevó con él a Burgos, en cuyo aeródromo estaba destinado y residía, y empecé a servir a su cargo. Allí todo el mundo me acogió con cariño y, aunque trabajaba de mozo para todo, sustituí las patatas por los aviones. Cortés, tras solicitar oficialmente mi traslado a Burgos desde el cuartel de Ávila, me convirtió en su ayudante de hangares. Con él aprendí los secretos de la mecánica y los del vuelo, y, un amanecer inolvidable, me prometió que llegaría a ser piloto; algún día, cuando ganásemos la guerra que había que ganar. Y para demostrarme que no prometía en balde, salíamos a menudo a volar.

Una vez, en mitad de un vuelo rasante que empezó como los demás, supe que iba a pasar algo memorable. El

54

avión aceleraba y aceleraba, todo vibraba con violencia creciente, y solo la sonrisa de Cortés, seguro de lo que hacía, me tranquilizaba. De pronto, alzó el morro hacia el cielo. Comenzamos a subir, cada vez más rápido. Cortés no paraba de tirar de los mandos hacia sí. Subíamos, y subíamos, y subíamos... Hasta que el cielo y la tierra se confundieron. Un aire helado me agarrotó el estómago y me pareció que respiraba oxígeno nuevo, desconocido, pura potencia revitalizadora. El avión logró la vertical durante un segundo eterno, ese de la felicidad pura que parece para siempre, y luego siguió girando hasta que nos hallamos boca abajo. ¡Éramos dioses del mundo! ¿O alguien más puede poner el cielo en el lugar de la tierra, y la tierra en el del cielo? Gritábamos los tres: Cortés, el avión y yo. Y cuando, tras cerrar el círculo, recuperamos la posición y velocidad habituales, yo había aprendido para siempre que un ser humano puede volar aunque no tenga alas. ¿Cómo no podrá entonces conseguir lo que se proponga?

—¡El Trompo! —me gritó Cortés, pletórico—. ¡Ramiro y yo le pusimos ese nombre! ¡El Trompo! ¡Lo hacíamos a la vez, cada uno con un avión! ¿Te imaginas?

Lo imaginé. Y al imaginarlo, entendí más el dolor del terrible encuentro en aquel campo perdido de Ávila; también, o sobre todo, el desgarro que para los dos amigos, que luchaban en bandos opuestos, podía haber supuesto la muerte de Javier, esa ruptura terrible con el pasado feliz en que juntos subían hacia el cielo para ejecutar el Trompo.

Volábamos contra el sol, y sentía que Cortés era el padre que nunca tuve. «¡Cielo arriba!», gritaba él cada vez que alzábamos el rumbo hacia el lugar más alto, y se me humedecían los ojos por la felicidad.

—¿Te gustaría ver a los Hombres Insecto? —me dijo, tan inopinadamente como siempre, otra mañana a mitad del vuelo.

—¡Claro! ¿Qué son?¿Se puede?

—No todos los días, pero hoy coincide que sí. ¿Quieres? Te advierto que puede ser peligroso.

Y respondí con un encogimiento de hombros despectivo. ¿Peligroso, estando con él?

Pero, en efecto, los Hombres Insecto no eran inofensivos.

Los vimos al sur, dos horas de vuelo más tarde, sobre Guadalajara, en la zona llamada «roja». Formaban una larga fila por la carretera. Unos cientos de milicianos, tal vez más, avanzando a ambos lados de una columna de camiones y carros blindados.

—Parecen hormigas ¿verdad? —sonrió Cortés—. ¿Bajamos un poco?

Asentí, a pesar de la inquietud. Iban armados. ¿Y si nos disparaban y nos derribaban?

Pero nos lanzamos en vuelo rasante, y la excitación se impuso sobre el miedo. Grité, eufórico, al ver cómo los Hombres Insecto corrían hacia la cuneta ante nuestro paso arrollador. Todos a tierra, ante el avión de Cortés y Joaquín... Cuando los rebasamos y volvimos a alzar el morro, me volví. Los diminutos milicianos se rehacían de la sorpresa. Del cañón de algunos fusiles surgieron nubecillas de humo rabiosas e inútiles. Se oyó, remoto, el tableteo de una ametralladora.

—¿Te ha dado miedo? —me preguntó Cortés, una vez restablecido el rumbo de regreso a la base.

—¡No! ¡Lo haría otra vez! —respondí, eufórico—. ¿Volvemos?

—¡Así me gusta! —me apretó un hombro—. Anda, toma los mandos, voy a fumar. ¿Sabes dónde iban esos milicianos? Hacia Madrid. En Madrid tendrá lugar la batalla más importante de esta guerra, Joaquín. Ahí la ganaremos, en unas semanas. Aunque tú puedes ayudar a ganarla antes...

¿Qué decirte, Constanza, del orgullo que me embargó al oír hablar así a Cortés? ¿Hay palabras feas para el oído de un niño que pilota un avión? Madrid surgía regularmente en nuestra conversación. Era el lugar donde yo ayudaría a ganar la guerra, aunque ignorase todavía cómo. El lugar donde aguardabas tú...

Aprendí mucho entre agosto y septiembre de mil novecientos treinta y seis. Puede decirse que era feliz como escudero de mi héroe solitario. Cortés, al carecer de familia, solo pensaba en sus aviones y en la guerra, en ganarla. ¿Me veía de alguna manera como el hijo que nunca había tenido? Quizá. Aunque algunas veces, cuando se ponía melancólico recordando a su hermano, o rabioso pensando en el antiguo amigo que lo mató, me parecía entrever que yo era para él una especie de sustituto de su hermano Javier, muerto en el legendario y maldito Cuartel de la Montaña.

Me atreví a indagar más sobre el asunto un día en que bullía una gran agitación militar, con muchos generales venidos hasta Burgos desde toda España; todos aterrizaban en nuestro aeródromo, y dos de ellos dieron su tardío pésame a Cortés.

—Supe lo de su hermano, asesinado en el Cuartel de la Montaña. Ese crimen no quedará impune —dijo uno de los militares, abrazando a Cortés.

—¡Lo vengaremos! ¡Lo vengaremos a él y a todos los demás en muy pocas semanas! —sentenció otro, más exaltado.

—¿Qué pasó en el Cuartel de la Montaña? —me atreví a preguntar cuando un coche nos llevaba camino de la gran celebración que iba a tener lugar en la ciudad.

Cortés suspiró, me miró, interpretó que mi interés era sincero, y volvió a suspirar.

—El dieciocho de julio fracasó en Madrid. Todo salió mal, y los militares empeñados en nuestra causa tuvieron que refugiarse en el cuartel. Para salvarse y también para custodiar las armas que había allí. Era primordial que el arsenal no cayera en manos de los revolucionarios, comunistas y anarquistas. Una turba, sin nadie al mando, rodeó el cuartel. Iban mal armados, pero estaban furiosos, ansiosos por matar. Llegaron algunas de las fuerzas que no se habían sumado al alzamiento. Trajeron algún cañón, empezó el bombardeo, el asedio, y aviones, Joaquín. Uno de ellos, pilotado por Ramiro... Aviones que bombardearon y mataron a muchos sitiados. Javier entre ellos —concluyó Cortés, ensimismado.

¿Cómo podían estar tan seguros, él y Ramiro, de que ese bombardeo había causado la muerte de Javier? Iba a preguntarlo, pero Cortés siguió hablando lentamente, mirando por la ventanilla del coche como si relatara su historia a las casas y personas que íbamos dejando atrás.

—No tuvieron más remedio que rendirse. Y entonces, contra toda honorabilidad, empezó la matanza. Los capturados fueron asesinados a tiros, a navajazos, arrojados por las ventanas para reventarlos contra el patio y pateados los cadáveres en el suelo... Algunos se suicidaron. Dicen que un coronel y catorce oficiales y cadetes cumplieron el rito como caballeros. El coronel apoyó la pistola en su sien e invitó a los demás a imitarle, cosa que hicieron como un solo hombre. La chusma estaba a punto de derribar la puerta de la estancia. «A mi orden, señores», dicen que dijo el coronel. Gritó «¡Fuego!», y los quince dedos apretaron los quince gatillos en el instante en que la puerta cedía. Los asesinos, frustrados, solo encontraron cadáveres, pero eso no les impidió ensañarse con ellos... —Cortés se volvió hacia mí—. ¡Esa es la gente que manda en Madrid, Joaquín!

—¡Pero yo iré igual, mi capitán! —dije en el tono más solemne que pude—. ¡No tengo miedo!

Cortés me sonrió, agradecido y sinceramente emocionado por verme tan resuelto.

Ese día, uno de octubre de mil novecientos treinta y seis, todos los generales del alzamiento se reunieron en Burgos para elegir a un jefe único de todos ellos. El afortunado fue Franco.

—¿Franco? —tiré de la manga a Cortés en medio de la ceremonia—. ¿El aviador del *Plus Ultra?*

—Chist —me instó el capitán.

Pero yo tenía que saberlo.

—¿El aviador? —insistí, tirando más fuerte de la manga.

—Su hermano. El aviador es Ramón, este es Francisco. Es general. El general más joven de Europa. Un gran soldado. Y ahora, calla.

¡Hermano del aviador del *Plus Ultra!* Y yo iba a trabajar para él, ayudarle a ganar la guerra. Tal vez mi recompensa sería, después, volar junto a Ramón, o cruzar el Atlántico junto a Cortés... La música militar y los ¡vivas! a Franco que se gritaron incansablemente aquel día se me antojaban dirigidos a mí y a mi futuro. Me costó aguantar hasta la mañana siguiente para pedirle a Cortés que me mandara inmediatamente a Madrid.

—Esta noche —me dijo enigmáticamente por toda respuesta—, te enseñaré los soles rojos. Ya sabes...

Sí, lo sabía. Otro de sus acertijos imposibles de resolver en tierra, pero milagrosamente obvios desde el aire. Soles rojos... Me los sabía de memoria: esos que nacen y mueren en una décima de segundo, durante la cual son los reyes de la noche, el centro del universo...

Y de noche cerrada, efectivamente, despegamos en aquella ocasión. Nos limitamos a alejarnos del aeródromo unos kilómetros, dos o tres; luego Cortés consultó su reloj y dimos la vuelta.

—Espero que el sargento sea puntual —murmuró, escrutando el fondo negro que se abría hacia el suelo.

¿Qué buscaba? De pronto, me dio un codazo.

—Ahí está, Joaquín. Tu sol rojo.

Miré hacia la oscuridad en busca del milagro. Tardé unos segundos en descubrirlo..., ¡pero ahí estaba!

Un punto luminoso rojo surgía de la nada, brillaba con inexplicable fulgor durante un instante y moría tras haber sido, como prometía la adivinanza de Cortés, el centro del mundo de oscuridad. El capitán, divertido por mi asombro, encendió un cigarro. El sol rojo, allá abajo, se encendió otra vez, y otra, y otra. Busqué en el rostro de Cortés una explicación. Aspiró el humo de su cigarro y bajó la vista hacia la brasa, forzándome a fijarme en ella con un expresivo gesto de las cejas. Luego, se quitó el cigarro de la boca y lo sostuvo con dos dedos por el filtro, hacia arriba, como una chimenea en miniatura. Expulsó el humo hacia la brasa, que revivió por el soplo.

—¿Ves? Este punto rojo, que ni siquiera se ve durante el día, resulta, en medio de la noche, como un faro para los navegantes. El faro que guía a los aviadores para que se orienten en la oscuridad... Para que descubramos a nuestros enemigos cuando pilotamos a ciegas. Lo que ahora está haciendo ahí abajo el sargento, siguiendo mis instrucciones, está rigurosamente prohibido en Madrid. La ciudad, de noche, debe permanecer a oscuras para prevenir ataques aéreos. Y ahí, para cambiar eso, vas a entrar tú. Toma, es hora de que aprendas a fumar.

Me ofreció el cigarro. Lo tomé con cierta prevención.

—No es necesario que tragues el humo. Basta con que aspires para avivar la brasa.

Lo hice con cautela. A pesar de todo, el humo me quemó la boca y tosí. Repugnante, pero la brasa se encendió.

—¡Bravo, Joaquín! —bramó Cortés, iniciando el descenso—. ¡Eres un sol brillante en medio de la oscuridad!

Me esforcé por sonreír; ansiaba que Cortés se sintiera orgulloso de mí y di otra calada. Esta vez tragué el humo y me esforcé por acostumbrarme a él.

Fue el primer aprendizaje de mi inminente labor de espía. El segundo, aún más importante, consistió en dominar a la perfección, como si fuera mi segunda lengua, el Idioma de Luz. Eran destellos que se enviaban desde una linterna trucada, que Cortés me entregó, y con la que se podían regular los golpes de luz para formar letras y palabras del código Morse. Iba disimulada dentro de una cajita de música, con el interior forrado de espejos que aumentaban su potencia. Solo había que encajar un trozo de vela dentro de un hueco habilitado en la base de la cajita, encenderla y abrir y cerrar la tapa para empezar a hablar en el Idioma de Luz. Caso de que alguien me preguntara, podía decir que era un recuerdo de mis padres o un juguete de mi infancia.

—Toma, esto también es tuyo —me dijo Cortés el día en que consideró finalizadas las clases. Y me entregó, para mi sorpresa, un hermoso reloj—. Es de plata. Mira la inscripción.

Abrí el reloj. En su cara interior podía leerse: «Javier, 13 de junio de 1936». Me estremecí, no pude evitarlo, al sentir que ese nombre, Javier, el mío verdadero, me había perseguido desde que lo cambié por otro; y ahora, de alguna manera, venía para quedarse. Un reloj es un objeto hecho para llevarlo siempre contigo, más si te lo regala un amigo o tu padre, y Cortés era para mí cualquiera de las dos cosas, o las dos. Y encima, un reloj cargado de tanto significado: el reloj de su hermano muerto.

—¿Has visto la fecha? —señaló Cortés; la tristeza le pesó de pronto en la mirada—. «13 de junio de 1936»... El cumpleaños de mi hermano. Se lo mandé grabar, era mi regalo por sus veinte años. No tuve tiempo de dárselo. Ramiro lo mató antes, en el Cuartel de la Montaña. Tómalo, ahora es tuyo. Tengo también la cadena, pero te la daré a la vuelta. Ahora, cuanto menos abulte tu equipo, mejor. El reloj, tu reloj, está puesto exactamente a la misma hora que el mío —y lo sacó, para que los dos lo verificáramos—. Todos los días, a las doce en punto de la noche, subirás a la terraza de la casa y mandarás hacia el cielo tus mensajes con la caja de música. Yo estaré arriba, leyéndolos desde el cielo. Todas las noches, despegaré puntualmente para estar contigo.

—¿Desde Burgos, todos los días?

—No, Joaquín. La ofensiva final para liberar Madrid es inminente. Voy camino del frente, con las tropas del general Varela. Estoy destinado a su estado mayor. Estaré mucho más cerca.

Le escuchaba, entre el miedo y el deslumbramiento. Mil preguntas acudían a mi cabeza y debí de expresarlas muy claramente con los ojos, porque Cortés, acto seguido, comenzó a contestarlas todas, sin dejarse una.

Tal vez porque vivía en un aeródromo entre pilotos, había imaginado que me llevarían en avión hasta algún lugar cercano a la capital o incluso hasta la misma ciudad. Ignoraba entonces el reparto de fuerzas y cómo se encontraba la situación. Cortés me llevaría en avión, pero no hasta Madrid, sino hasta cierto lugar de la carretera de Valencia. Levante era el único punto cardinal donde no se había consumado el cerco sobre la capital, y ese corredor constituía la salida al mar de Madrid. Por él llegaban avituallamientos, y, por él, caso de que fuese necesario, tratarían de huir las tropas y autoridades civiles y militares republicanas cuando se consumase su derrota.

Ese era el punto uno. En el terreno práctico, Cortés y yo despegaríamos cuando hubiese noticias del desplazamiento de alguna columna enemiga desde Valencia hacia Madrid. La sobrevolaríamos, comprobaríamos su rumbo y luego, rebasándola, aterrizaríamos en algún lugar próximo a su paso. Yo me acercaría a ellos como si hubiese escapado de alguna refriega, o fuese el único superviviente de alguna compañía republicana aniquilada desde el aire. Dada mi edad y apariencia de desamparo, lo probable era que no me preguntasen demasiado, admitiéndome sin más junto a ellos; pero, por si fuera el caso, llevaba conmigo el nombre y dirección de un hombre importante dentro de Madrid: el teniente Ramiro Cano, el antiguo amigo, el traidor, el asesino de Javier... Debía, si alguien me lo preguntaba, decir que era primo lejano de la mujer del teniente. Fue así como oí por primera vez tu nombre: Constanza Soto.

Me preparaba como un actor: repetía para mí esos nombres, y también el de quien se suponía que era yo, hasta agotarme.

—Hasta que —ilustraba Cortés— tú mismo dudes quién eres de verdad.

Aunque para eso, me reía yo por las noches, no hacía falta demasiado, ya lo dudaba: niño de orfanato durante años, seminarista por algunas horas, aprendiz de piloto, espía y, ahora, primo lejano de esa mujer, tú, cuyo nombre pronunciaba Cortés con infinito esmero. Y todo ello, mediando un intercambio de mi verdadero nombre; por suerte, en la pantomima que me disponía a representar podía seguir llamándome Joaquín. Durante los entrenamientos, o los ensayos, llevaba la ropa con la que me presentaría a la columna enemiga, y por la noche, dormía con ella, con prohibición expresa de lavarla y de lavarme yo.

—Confía en mí, cuanto más sucio aparezcas mejor. Te creerán con más facilidad.

¿Me creerían? ¿Quiénes? ¿Cuál era exactamente mi misión?

—A eso voy ahora, Joaquín. Verás, Ramiro es un magnífico piloto y un buen militar, aunque luche en el bando equivocado. Es un hombre muy valorado en el gobierno

63

de Madrid, suponiendo que allí quede gobierno. Porque en la capital no manda nadie, excepto el caos y, si acaso, los agentes de Stalin. Por eso hay que golpear ahora, por eso es tan importante tu misión. Cada minuto cuenta. Hay muchos soldados y milicianos defendiendo la ciudad, pero están desorganizados; cada uno obedece a quien le da la gana, o directamente no obedece a nadie. En principio, será fácil... Pero se están entrenando grupos de mercenarios extranjeros para venir a Madrid. Y además, y esto es lo peor, en cualquier momento, los rusos, los comunistas, podrían mandar ayuda, tanques y aviones; sobre todo aviones. De todo eso estará bien informado Ramiro, porque es uno de los jefes principales de la aviación republicana. Pues bien, tú espiarás para mí desde dentro de su hogar. Él es un hombre reservado y listo, pero confía mucho en su mujer, Constanza. Sé que en su casa hablará con libertad de los asuntos de la guerra, compartirá con ella sus problemas y sus inquietudes. Y tú estarás allí para escucharlo todo.

—¿Cómo?

Cortés sacó del bolsillo superior de su guerrera una llave. La puso delante de mis ojos, y supe que era más importante que el reloj y la caja de música.

—Porque vivirás allí, con ellos. Te acogerán. No pongas esa cara, que está todo calculado. Guárdate esta llave como si te fuera la vida en ello..., que, en realidad, te va. Pero si haces las cosas como yo te diga, acabarás viviendo en su casa. Y entonces podrás escuchar sus conversaciones y contármelas. ¡Ramiro jamás sospecharía de un chaval de quince años! Menos si apareces huyendo de la guerra. Serás mis ojos en el corazón del enemigo —concluyó solemnemente—. Confía en mí.

Y yo confiaba. El peligro me daba miedo, sería absurdo negarlo. Pero de noche, cuando me acostaba vestido, otros sentimientos se imponían sobre él: orgullo, excitación. Era alguien, me sentía alguien. Servía para algo... y el capitán Cortés estaba orgulloso de mí. Todo ello dotaba a mi vida de un valor desconocido hasta entonces: euforia por la llegada de la mañana siguiente, por el minuto siguiente; alegría de respirar y de luchar. Fuerza y vida, vida con sentido. En el orfanato nunca la había tenido. Pero ahora...

—Hoy es el día, Joaquín. Nos vamos.

Veintidós de octubre, dije para mí. Dos doses. Tragué saliva. Guardé en la guerrera el reloj y la cajita de música, y me colgué la llave del cuello.

Sin decir palabra, salimos a la pista y fuimos hacia el avión. Llovía, el cielo estaba oscurecido por nubes negras y soplaba viento fuerte del sur. El verano había pasado sin remedio, como los apacibles vuelos rasantes sobre los campos amarillos.

El fuselaje vibró al despegar, nos adentramos en el turbulento aire gris, en dirección a su cima. Mi estómago, por la inquietud, parecía querer volver atrás, aferrarse al suelo. Pero mi corazón y mi mente no podían decepcionar al hombre que tanto había hecho por mí.

A las dos horas, Cortés me hizo un gesto en dirección al suelo.

—Hombres Insecto —susurró.

Miré hacia abajo. La columna enemiga avanzaba pesadamente, al ritmo marcado por camiones y tanques. Y, a ambos lados, los hombres, diminutos desde el aire. Hormigas con fusiles al hombro. Hormigas camino de Madrid, para defender la República.

Nos alejamos. Habría sido imprudente ponerse a tiro de las ametralladoras antiaéreas. Unos kilómetros más allá, Cortés avistó un lugar donde se podía tomar tierra sin que el ruido del motor alertara al enemigo.

Fue el aterrizaje más difícil que hasta ese día había experimentado. El avión saltó como un caballo desbocado y, por dos veces, Cortés estuvo a punto de perder el control a causa de los violentos bandazos.

Cuando nos detuvimos, ni siquiera paró el motor.

—Dentro de tres días empezaré a sobrevolar de noche la ciudad. Te buscaré en Atocha. Un día y otro, hasta que te encuentre.

—De acuerdo —dije yo. Ese iba a ser mi único vínculo con él: mirar al cielo, de noche, y confiar en que estuviera allí.

—Otra cosa —y Cortés me apretó el antebrazo. Un gesto desconocido en él, que me dio medida de la importancia de lo que se disponía a decir—. Quiero que además de hablarme de los aviones de Ramiro me hables también de Constanza, su mujer. Quiero que me digas cómo está... Si tiene salud, si vive feliz, si su embarazo va bien... Sé que está embarazada porque la conocí antes de la guerra, igual que a Ramiro. Éramos amigos, muy amigos.

Este planteamiento nuevo me desconcertó un poco, aunque no encontré razones para oponerme. Yo hacía lo que decía mi capitán.

Bajé del avión. Él despegó y se alejó. Me quedé solo, en la tierra de los Hombres Insecto. Y hacia ellos fui, carretera abajo.

Cuando los encontré, hacían un alto en el camino. Como habíamos supuesto y planeado, nadie sospechó de mí. Un sargento me acogió tras consultar con el comandante, que examinaba unos planos junto a otros oficiales; se limitó a encogerse de hombros ante mi presencia, más irritado por la interrupción que interesado en mi persona.

Al rato, reiniciamos la marcha bajo la lluvia. Me sentí muy frágil, asustado, enormemente solo entre desconocidos hostiles; enemigos que no dudarían en fusilarme, y, sin embargo, eran personas como Cortés o como yo. Y, lo confieso, me invadió el deseo de echar a correr; ganas de llorar, que no provenían del miedo a la muerte, sino de la desazón por la soledad y los presagios oscuros, que me dolían casi físicamente. Abandono..., qué terrible sentimiento.

—¡Aviación enemiga! —gritó de pronto alguien. Y la columna se revolvió sobre sí misma, agitándose como una culebra herida. Instintivamente, me tiré a tierra como todos. ¿Cómo iban a distinguirme los míos, si nos bombardeaban? Me matarían como a los demás.

Las ametralladoras comenzaron a disparar. Un avión, un solo avión apareció desde el horizonte y sobrevoló la columna, despreciando osadamente el fuego enemigo. Pasó por encima de nosotros, gallardo e invicto, acelerando más y más, demasiado rápido para que los tiradores pudieran hacer puntería. Tomó el impulso necesario para subir más rápido que las balas hacia el límite infinito. Una vez en lo alto, trazó en el cielo un círculo de humo blanco que se iba cerrando y cerrando en busca de su propia perfección. Incluso los servidores de las ametralladoras quedaron mudos de asombro, admirados. Pero allí, en el barro, solo a mí se me saltaron las lágrimas. La amistad puede hacernos llorar de emoción, y Cortés había retado al fuego enemigo para regalarme el Trompo, para demostrarme que no estaba solo. Para que supiera que nunca me abandonaría.

La pirueta me confortó, me acompañó durante las horas que aún duró el camino hacia Madrid, y seguía conmigo cuando entramos por fin en la ciudad.

¡Madrid, Constanza! La ciudad donde voy a morir, en este siglo veintiuno al que por ti y para ti he logrado asomarme, no es la misma ciudad en la que entré aquel día de octubre de mil novecientos treinta y seis. Claro que yo tampoco soy el mismo. ¡Pero Madrid! ¿Qué decir de aquel Madrid?

Me escabullí de los milicianos cuando entramos en la ciudad. Por supuesto, nadie me echó de menos. Y apenas me puse a deambular y me adentré en calles y callejuelas, mi disfraz se iba convirtiendo en más y más verosímil: un chaval perdido en una gran urbe sitiada y a punto de caer. Pregunté por la Gran Vía, me encaminé hacia ella. ¿Quién, de entre los amenazadores civiles armados que me crucé, podría imaginar que mi contribución a la victoria de los sitiadores iba a ser decisiva?

Cortés me había prevenido: Madrid se hallaba en manos de pistoleros y asesinos, bandidos sin ley ni moral que se llamaban a sí mismos revolucionarios. Quien no pudiera demostrar su pertenencia a algún sindicato o partido de izquierda estaba en peligro. Y yo, además de ser espía, el enemigo introducido en el corazón de la bestia, carecía de papeles. Si me descubrían, podían fusilarme. Entonces, ¿por qué era inmensamente feliz?

Era bien sencillo. Los escenarios básicos de mi vida habían sido el orfanato, un cuartel de Ávila y luego otro de Burgos. Y de pronto... la Gran Vía de Madrid, populosa aquella tarde de octubre a pesar de la guerra, ancha como no pensé que podía ser una calle. Y alta, bordeada de edificios señoriales cuyas entradas aparecían parapetadas tras sacos de tierra. Cines con enormes carteles, salas de fiesta y restaurantes chocaban frontalmente con la noción de ciudad sin ley que traía conmigo. Una capital sitiada, según veía yo en mis humildes elucubraciones, era un lugar donde todo el mundo aguardaba, fusil en mano, la llegada del enemigo. Por ello me sorprendieron tanto los bares llenos, las calles pobladas de vecinos que charlaban animados y hasta reían. Y no solo militares y milicianos, también gente. ¡Gente!, Constanza, ¡qué inmensa palabra! Parejas, chavales, ancianos, señores, golfillos... Recuerdo a un pobre pastor aterrorizado con una única oveja famélica bajo su custodia. Se me quedó mirando, como yo a él: intuí que se había refugiado en la ciudad huyendo de nuestro avance y que sus ovejas habían ido cayendo una a una en manos de hambrientos de toda condición, hasta quedar el rebaño reducido a ese último y lastimoso animal, tan desvalido como su amo.

Pero de repente y sobre todo... ¡El amor!

Me topé con él en la calle de Alcalá, junto al Círculo de Bellas Artes. Sin embargo, no me enamoré de una sola chica, sino de sesenta o setenta; de todas juntas, y a la vez de ninguna. ¡De todas las que por allí pasaban, pobre de mí! Noté cómo se me paraba el corazón, me faltó el aire y hube de deslizarme hasta el suelo, boqueando de angustia como acababa de ver hacer a la oveja. Aquellas chicas de las calles de Madrid... Hasta entonces, nunca, jamás, había visto otras mujeres que las maternales monjas con sus hábitos negros. Y en el cuartel me habría de pasar tres cuartos de lo mismo; en Ávila y también en Burgos, porque apenas visité la ciudad durante mi estancia. Volar ocupaba toda mi atención y fantasía, y por volar había olvidado la querencia natural que brotaba ahora en Madrid como un mar embravecido.

Dos chicas rieron abiertamente, a carcajadas, a unos metros de mí, y esa imparable explosión de alegría me provocó un vahído. Sonreí tontamente, como un idiota borracho y feliz. Aquello no era sexo, sino vida. Una avenida de vida... ¡Eso era la calle de Alcalá! Y yo, hasta entonces desnortado caminante de callejas oscuras, acababa de desembocar en ella. Si el esplendor femenino era así en un día lluvioso en mitad de la guerra, ¿qué cimas no alcanzaría cuando se lograse la paz, cualquier mañana soleada en un Madrid por fin liberado y a salvo? Me imaginé pilotando un avión y mostrando la pasión del Trompo a aquellas dos chicas que reían. Se alejaban Alcalá arriba, hacia la Puerta del Sol, y me aterroricé. ¿Y si las perdía para siempre? Mareado, espoleado por la desesperación, me puse en pie. Las busqué con la mirada y las seguí, olvidando momentáneamente mi trascendental misión. La atracción era tan simple como irresistible: ellas reían, y yo quería verlas reír. Por eso las seguía.

Entré, embrujado de amor, a la Puerta del Sol. Así fue mi llegada al corazón de la capital. Hasta tal punto arrebatado por lo más sencillo y hermoso de la vida, que no interpreté con la suficiente rapidez las voces de alarma que de pronto surgieron de todas partes.

Hubo una gran algarabía, apresuramientos y gritos, miedo y mucho, muchísimo ruido en el cielo. Las dos chicas dejaron de reír y corrieron, y yo fui detrás como si fuera el elegido para darles cobijo y protección. Alguien chilló: «¡Al suelo! ¡Al suelo!». No supe entonces que me chillaba a mí. Seguí corriendo hacia las chicas, apenas diez metros me separaban de ellas.

Y de pronto... Una bola naranja se levantó del asfalto justo delante. Volé hacia atrás, impulsado por dos pinchazos muy fuertes en el cuerpo. Todo fue rápido y lento a la vez. Las chicas volaban también en mi dirección, como muñecas rotas. Una, la que más me había gustado, cayó literalmente contra mí, y rodamos juntos. Me vi en el suelo, abrazado a ella. La otra chica, tirada también a mi lado, tenía la cara manchada de sangre y polvo, y gritaba histérica. Todo el mundo gritaba, enloquecido por las siguientes explosiones que vinieron a continuación. Pero la chica que me había gustado callaba en mis brazos... Callaba y no respiraba. Su silencio y su quietud fueron lo único que llegó a mis sentidos. La otra, su hermana o su amiga, vino hasta nosotros, la agarró y, sin que tuviera ya el menor sentido, comenzó a sacudirla mientras la llamaba de vuelta a la vida. «¡Pepa!», le gritaba... Así se llamaba. «¡Pepa!». Dos hombres me la quitaron de los brazos y se la llevaron como si aún se pudiera hacer algo por ella. Antes de que la apartaran de mí le dije en voz baja, como un estúpido:

—Pepa, yo me llamo Joaquín.

Y me quedé en el suelo, sentado sobre el asfalto de la Puerta del Sol. El fuego había concluido. Pero el ruido, el muchísimo ruido, pervivía en un eco terrible que hacía temblar los edificios y los corazones.

Alguien vino a atenderme, una enfermera. Tomó mi mano derecha, me preguntó si me dolía. Miré, tenía sangre y un corte que nacía en el dorso y subía hasta la mitad del antebrazo. Me lo vendó, mucho más nerviosa que yo. Sentía la otra herida, por un fuerte dolor en el pecho. Abrí la chaqueta. Una esquirla de metal retorcido, con una piedra incrustada, se había estrellado en mi pecho contra la cajita de música. El Idioma de Luz, que me había salvado la vida, era ahora un puñado de tablas y fragmentos de espejo que cayeron al suelo, convertidos en polvillo.

Apenas la enfermera se distrajo, me escapé hacia Atocha. Era el único sitio donde podía ir.

Deambulé, consternado y lleno de miedos. Pregunté por la calle, y algunas horas después, la noche y yo llegamos a la vez a la glorieta.

Allí estaba la casa de Ramiro. Tu casa, Constanza.

La luz de una vela o de una linterna, en la ventana del segundo piso, retaba con su leve fulgor a la oscuridad impuesta por orden militar. Seguramente, no era visible desde el aire y por tanto resultaba inofensiva.

Me aproximé al portal. Al ser de noche cabía la posibilidad de que estuviera cerrado, lo que me obligaría a esperar hasta el día siguiente; tenía llave del piso donde debía desempeñar mi misión, pero no así del portal. Empujé, encomendándome a mi suerte. Y la puerta se abrió.

Subí las escaleras. Primer piso, oscuridad. Segundo piso, oscuridad aunque supiese que dentro ardía, al menos, la luz de la vela. Tercer piso, oscuridad y silencio, puerta cerrada ante la que tragué saliva: el sitio clave de mi misión.

71

Y cuarto piso: la buhardilla. ¿Habría dado el siguiente paso si llego a imaginar que allí dentro transcurriría el resto de mi vida?

Saqué del cuello la llave que me había dado Cortés. La aproximé a la cerradura. Fue otro instante tenso; en los meses que duraba ya la guerra, cualquiera podía haber cambiado la cerradura. Pero logré abrir. Y pasé al interior, invadido también por la oscuridad fría de noviembre.

Me adentré a tientas en la casa sin cerrar la puerta; preferí reservarme esa vía de escape, por si me encontraba con alguna sorpresa inesperada. Había, como me explicó Cortés, algunos muebles. Una mesa, un catre... Muebles que según me había explicado puso él mismo un par de años atrás, cuando compró la buhardilla por intermedio de Ramiro, que tuvo noticia de la magnífica oportunidad y le avisó para que invirtiera.

Arrastré un par de metros la cama, hasta colocarla frente a la puerta de la entrada. A veces llegaba desde la calle un poco de luminosidad, como si la luz de la luna o los ocasionales faros de los escasos coches subieran hasta mí para confortarme. En la oscuridad y el silencio, creí ver a Pepa. Entonces, los mismos destellos que me aliviaban azuzaban mis miedos, pues me parecía ver la sombra de la chica muerta. Decía que no tenía dónde descansar y que me había seguido para quedarse conmigo. Miraba y miraba la puerta para repetirme que no era ella, pero de tanto mirar no lograba sino verla, a veces con nitidez espeluznante.

Al rato vi otra luz, consistente y real. Alguien se acercaba con una lámpara o una linterna. Tragué saliva, lo que devolvió la sensibilidad a mi anestesiado sentido del oído. Así pude escuchar los pasos que ascendían, cada vez más cercanos.

La luz, como una marea mágica, fue inundando las paredes del rellano. Luego se proyectó sobre ellas la sombra de una persona que subía encorvada, cautelosa. La vi inspirar, dándose valor. Al mover el brazo, introdujo su sombra en la pantalla de luz. Vi que sostenía una pistola. La amartilló.

Siguió avanzando. La sombra se alargó hasta deformarse y perder toda apariencia humana, hasta convertirse en un grotesco baile de movimientos inverosímiles provocados por la luz que traía consigo. El vértigo se concretó de pronto en una silueta real, humana, masculina, que se plantó ante mí y comenzó a subir los últimos escalones, hacia el descansillo frente a la puerta. No podía verme aún; era mi única, inútil ventaja sobre el hombre que venía hacia mí, al fin de frente.

Dio dos pasos más.

—¿Hay alguien ahí? —susurró con firmeza—. Quien seas, sal con los brazos en alto.

Entró en la buhardilla y apuntó en mi dirección con la pistola. Me puse en pie y avancé hacia él. Elevó la vela para iluminar la estancia. Pude verlo una décima de segundo antes de que él me distinguiera: Ramiro, el asesino de Javier.

Entonces me golpearon todas las emociones del intensísimo día. Me faltó el aire, la sangre huyó de mi cabeza y caí redondo al suelo.

La tercera Constanza

Se abrió, al otro lado de la calle, la puerta de «Avionetas Atocha».
Dechén salió extremando las precauciones aún más
que cuando llegó. Llevaba en la mano una bolsa y se
había cambiado de ropa. Ahora vestía mono azul, que
supuse de vuelo o de mantenimiento del aeródromo.
¿Tal vez trabajaba allí?

Me alarmé al ver que venía derecho hacia el lugar
donde me encontraba. La cafetería estaba casi vacía, a
excepción del camarero y un hombre grueso, moreno,
de mediana edad, que había entrado después de mí y
tomaba café en la barra, a mi espalda. No había donde ocultarse, y la idea de esconderme en los servicios
me resultaba ridícula. En realidad, no había hecho
nada malo, a lo sumo, leer sin permiso el libro de Dechén.

La puerta se abrió y entró Dechén, serio y puede
que muy enfadado. Me levanté y fui hacia él. ¿No dicen que la mejor defensa es el ataque?

—Hola —le dije.

Se me quedó mirando. Parecía un hombre distinto al
que había sorprendido, apenas un rato antes, en la puer-

ta de entrada de la que había sido su casa; como hermanos gemelos de carácter opuesto: el de antes, tímido y
asustadizo, locuaz; el que tenía enfrente, resuelto y de
mirada inesperadamente trágica. Sin embargo, ambos
eran el mismo hombre.

—La verdad —reconocí ante él—, es usted muy sa-
gaz. ¿Cuándo me ha descubierto? ¿En el metro? ¿En el
autobús?

Una chispa de sorpresa no fingida brilló en sus ojos.

—¿Cómo dice? —preguntó; y logró desconcertarme.

—Le he seguido, lo acepto. Su historia me interesó
mucho y...

—Perdone, tengo cosas que hacer. ¿Se puede saber
de qué me habla?

Callé, estupefacto. Dechén no me había reconocido... ¡Había sido yo mismo quien me había descubierto
estúpidamente! La buena noticia era que ya no necesitaba disimular.

Me acerqué a la mesa y recogí el libro verde. Se lo
mostré a Dechén, exhibiendo a la vez una sonrisa amistosa. Su expresión transitó hacia el reconocimiento del
libro y luego de mi persona.

—¡Ah! —cayó en la cuenta—. El pintor del piso, ya,
ya... Sin su ropa de trabajo no le había reconocido. ¿Y
por qué tiene mi libro, si puede saberse?

—Finalmente, el mensajero lo trajo —mentí—. Justo
al irse usted. Bajé a buscarle para dárselo y vine detrás.
Como parecía importarle tanto...

Me miró sin creerme del todo. En Madrid resulta
raro que alguien deje su trabajo y cruce la ciudad para
hacer un favor a un desconocido. Dechén esperó a que
siguiese hablando. Lo hice; me lancé:

—Lo cierto es que en el metro lo he leído. No todo,
pero...

—¿Lo ha leído?

—Todo no, pero... Ya que he empezado, me gustaría acabarlo, si no le importa. Ya sabe lo que es la curiosidad humana.

—¡Extraordinario! —se dijo a sí mismo, sin prestarme atención; y siguió repitiéndolo. Incluso dio un par de pasos sin rumbo por la cafetería, cavilando—. ¡Extraordinario! ¡Sencillamente extraordinario! Dime —preguntó, mirándome a los ojos—, ¿crees en las casualidades?

—Precisamente hace un rato divagaba sobre eso, y...

—¿Crees o no crees?

—No.

—Entonces, tampoco consideras una casualidad que recogieras mi libro, y lo leyeras, y me siguieras...

—No.

—Yo tampoco. Fíjate: ahora iba a volver a mi antigua casa a recogerlo, ya que sin el libro no puedo poner en marcha mi plan... y vas tú y me lo traes... ¿Ves por qué digo «¡Extraordinario!»? ¡Puedo actuar ya, sin perder un minuto! Y precisamente por eso, porque me has traído el libro y yo tampoco creo en las casualidades, voy a confiar en ti. Ven, ven conmigo. Eres la persona que necesito.

Muy animado, de pronto, fue hacia el hombre gordo de la barra. Le estrechó la mano con calor; el gordo correspondió sin demasiado entusiasmo, incluso desconcertado, como un fontanero al que saludara efusivamente el dueño del grifo roto.

—¿Ha traído la cámara? —eligió tratar de usted al gordo; me pregunté si eso era bueno o malo para mí, si no me estaba complicando la vida al ir tras Dechén. Pero de todas formas fui.

—Bien —dijo cuando estuvimos los tres juntos—. Aquí estamos. Este señor es amigo mío, pintor —le dijo al gordo refiriéndose a mí—. Él es cámara de vídeo.

—Jacobo —se autopresentó el gordo llevándose el índice a la frente a modo de saludo.

—Jacobo —siguió Dechén— va a grabar un vídeo que luego tú entregarás a cierta persona.

Sacó de la bolsa que llevaba consigo un sobre grande de burbujas del que, a su vez, extrajo otro más pequeño. Parecía una carta.

—Meterás la cinta de vídeo en el sobre, junto a esta carta, y la entregarás a la persona que pone aquí. Mañana sin falta, siete de noviembre. Pasado mañana ya no serviría. Tiene que ser mañana, ¿entendido?

Traté de leer el nombre escrito en el sobre, pero Dechén lo devolvió a la bolsa antes de que pudiera verlo.

—¿Por qué debería hacerlo? —le pregunté sin malicia; tal vez él tenía idea de por qué me estaba metiendo en un asunto que para nada me concernía.

—Porque quieres acabar el libro y, cuando lo leas, te garantizo que querrás saber cómo termina su historia. Ya sabes cómo es la curiosidad humana —ironizó. Era una buena explicación. Y muy certera. Asentí.

Salimos los tres al exterior, hacia una pequeña furgoneta blanca aparcada en la puerta. Un rótulo pintado a mano, bastante torpemente, decía: «Vídeo Set. Servicios de producción en vídeo». Jacobo se sentó al volante, Dechén a su lado y yo en la parte trasera, junto a la cámara, en medio del caos de cables, cintas de vídeo, baterías y trípodes.

Recorrimos el aeródromo un par de kilómetros, hasta un hangar. Dechén se apeó y me pidió que bajara.

—Aquí nos despedimos —dijo. Y extendió la diestra hacia mí—. Sé que no me fallarás. Lo que vas a ver ahora te impedirá desligarte de mí y de mi historia.

Le estreché la mano. Me clavó la mirada un instante. Traté de reconocer en él al niño ingenuo que décadas atrás transitó del orfanato a un mundo en guerra, pero no lo conseguí. Dechén, de forma inesperada, me abrazó. Le correspondí por cortesía, aunque el gesto me pareció excesivo. Pero él iba en serio. Literalmente, me estrujó. ¿Tan agradecido estaba de que entregase por él un simple vídeo?

Sacó de la bolsa un viejo casco de piloto, como los que él mismo describía en su libro, como ese que, según sus propias palabras, solo se pondría cuando fuese piloto de verdad, y se lo puso en la cabeza. Luego me entregó la bolsa y entró al hangar.

Me senté junto a Jacobo. Esperamos. A mí me quemaba la impaciencia por examinar el contenido de la bolsa, pero preferí esperar hasta saber qué se disponía a hacer Dechén.

—Así que eres pintor... —aventuró Jacobo, tuteándome.

—Hmmm... —dije lo más inconcretamente posible.

—¿Paisajista?

—Interiores.

—Un primo de mi mujer es paisajista. Cuadros de fuentes y de cervatillos y cosas así. Los pinta y luego los vende. Pero no es fácil. Es un mercado crudo, muy tiburonero. Bueno, como todos... Mírame a mí. Ya me dirás qué puedo hacer con mi camarita y mi furgoneta, contra tanta cadena de televisión. Pero aquí estamos, a ver qué remedio. ¿Interiores con qué técnica?

—Raspado.

—¡Ah...! No la conozco.

—No la conoce casi nadie.

—Oye, ¿y vas a bienales? He oído que en las bienales sueltan unas dietas cosa seria... En mi ramo no, ni eso. Va todo incluido: transporte, cámara, gasolina, yo...

—¡Mira, ahí sale!

Una avioneta surgió del hangar. Dechén iba a los mandos, con la vista concentrada en el frente. Por señas, indicó a Jacobo que lo siguiera. Luego me miró. Cerró el puño y elevó firme el pulgar. Sonreí y le devolví el gesto. Condujo la avioneta hasta situarse en la cabeza de pista.

Jacobo, por su parte, condujo la furgoneta hasta un alto cercano desde el que se dominaba la pista.

—Vamos a filmar desde aquí, él eligió el sitio.

Aparcó y empezó a montar sus bártulos. Aproveché para abrir la bolsa. Estaba vacía, aparte del sobre de burbujas y un pequeño paquete cuadrado, burdamente envuelto para regalo. En el sobre decía: «Constanza Soto», y una dirección de Madrid que no me sonaba. Ya había imaginado que el nombre sería Constanza, pero me sorprendió que el apellido fuese el mismo que el de la mujer a la que Dechén conoció durante la guerra. ¿Dos Constanzas Soto? ¿Por qué no? Dechén, al principio del libro, hablaba de tres. Porque naturalmente, por un simple cálculo de edad, resultaba imposible que fueran la misma. ¿O no? ¿No leíamos todos los días noticias de personas que sobrepasan los cien años? Sopesé el paquetito de regalo... Empecé a despegar el papel celo; enseguida vi que no lo lograría sin rasgar el envoltorio. Había otra opción: abrir el paquete y hacer después uno nuevo. Sin embargo, opté por respetar la intimidad del viejo.

Bajé del coche para observar el vuelo de la avioneta, que no tardaría en aparecer ante nosotros. Jacobo se disponía a grabar, haciendo pruebas con el ojo derecho incrustado en el visor. Pero ni aún así se callaba:

—Va a realizar una sola maniobra, que es lo que quiere que grabe. Luego aterrizará. A ver si hay suerte y en quince minutitos... Es que tengo un bautizo pegado a esto, ¿sabes? Y si llego a tiempo de empalmar... Ciento diez euros, dos copias en DVD incluidas. Porque, hoy en día, si no das copias en DVD...

Conseguí abstraerme de su cháchara. Una sola maniobra... El Trompo, seguro. Dechén daba mucha importancia a esa pirueta en su libro. Iba a ejecutar el Trompo para que el cámara lo grabase. ¿Qué pensaría hacer después con la filmación? Jacobo tal vez lo supiera, pero no quise preguntarle y darle más carrete.

—Perdona —dije en cambio—, tengo que leer esto antes de que aterrice.

Y me aparté de él. Pero no le mentía, tenía que leer. Quería saber más, antes de que Dechén aterrizase y me hiciera devolverle el libro.

Puerta del Sol, puerta de la muerte

Soñaba... Alucinaba...

Larguísimos dedos blancos de mujer rozaban mi piel dolorida como si fuera el teclado de un piano. Extraían música de cada moratón, y sus acordes se imponían sobre el rugido persistente de aviones invisibles cuyas hélices rotaban sin cesar dentro de mi cabeza.

La lengua naranja que había matado a Pepa en la Puerta del Sol era un reptil llameante con ojos implacables, sin párpados, ojos por tanto siempre abiertos. Me buscaba por la ciudad para devorarme. Mientras serpenteaba por calles y fachadas, iba sembrando Madrid de huevos negros que rodaban y se transformaban en arbolitos de navidad; crecían a velocidad inusitada, y daban como frutos naranjas de fuego que ascendían hacia el cielo y explotaban en él, tiñéndolo de colores inverosímiles y antinaturales: marrón, amarillo y verde muy oscuro.

Yo trataba de escapar de la serpiente. Entonces, Ramiro surgía de una oscuridad que se producía inesperadamente. Me apuntaba con su pistola y me impedía huir. ¿Me quería entregar a la fiera? Pero las notas del piano erigían escudos a mi alrededor. Me desmayaba. Ramiro alzaba mi cuerpo y me llevaba en brazos por un largo pasillo negro. Mis ojos entreabiertos veían formas grotescas danzando en movimientos absurdos: la luz de una vela bailaba con nuestras sombras en la pared oscura.

—Si te acogen en su casa —oía rebotar en mi cabeza las palabras del capitán, como un eco de algo que había sido real—, habremos logrado lo más difícil. Pero tu verdadera misión, Joaquín, lo verdaderamente difícil y peligroso vendrá después.

¿Después? ¿Después, qué? El hombre propone. Y el azar, al que tantos nombres equivocados damos, dispone.

De repente, en el mundo de oscuridad, irrumpiste tú. Irrumpió tu voz. Hablaste:

—No, fiebre no tiene...

¿Por qué esas palabras se grabaron en mi memoria? Si hubiera sabido que eras tú, aún se explicaría. Pero lo ignoraba. Y sin embargo, tus palabras viajaron desde mi oído hasta el adormilado cerebro para aposentarse en él.

—No, fiebre no tiene...

Tu voz, suave, hermosa, sensual, mágica... distinta. Añado adjetivos elogiosos pero no logro definir la sensación que me produjo. Me embrujó, así de simple... Solo años después comprendí que, exceptuando a las monjas, fuiste la primera voz femenina de mi existencia. Ni más ni menos. ¿No es cierto que los niños, al nacer, oyen antes que otra cosa las palabras amorosas que les dedican sus madres? Cariñosas sílabas envuelven al bebé, lo arrullan y protegen, lo hacen flotar, momentáneamente a salvo del mundo que ya le acecha fuera. Nunca tuve esa percepción; hasta el día en que, desmayado, oí tus palabras.

Mi primera voz de mujer, lo mismo que la de Pepa había sido la primera risa femenina de mi vida, antes de que la bomba de la Puerta del Sol matara la ilusión. Mi primera voz de mujer, y también las primeras manos que me tocaron y cuidaron. Tuyos, lo supe después, eran los dedos blancos, suaves y largos que tras mi desmayo me desnudaron y acostaron, me cubrieron con las mantas y acomodaron bajo mi nuca la almohada. Y tuyos eran los dedos que en ese momento se apoyaban en mi frente.

—No, fiebre no tiene...

Dudé entre abrir los ojos de golpe para sorprender tu rostro o dejarme acariciar por las yemas, alargar hasta donde fuera posible ese placentero vuelo. Opté por lo segundo, pero cuando por fin me decidí a mirar, ya no estabas.

Me hallaba solo en la habitación, acostado en una cama bajo la única ventana cerrada; a través de los cristales, entraban los rayos del sol, y podía ver también una construcción en forma de torre que, al otro lado del patio, se alzaba unos pocos metros sobre la altura en la que me encontraba. Probablemente, era la buhardilla donde Ramiro me había sorprendido. Entonces, ¿el plan de Cortés había salido bien? ¿Estaba dentro del bastión enemigo?

—Constanza es una mujer muy especial —me había dicho el capitán una mañana en que, con audacia casi irresponsable, sobrevolábamos Madrid y la glorieta de Atocha para que yo viera desde el aire el edificio donde vivíais Ramiro y tú—. Le gusta ayudar a la gente, es superior a sus fuerzas. Ve a alguien necesitado y le presta su ayuda. Por eso sé que te acogerá, siempre y cuando representes bien tu papel de huérfano.

«No me costará —recuerdo que pensé sin explicitarlo—. Lo soy. Soy huérfano».

—La buhardilla es mía —siguió Cortés—, la compré antes de la guerra. Tiene gracia, fue el mismo Ramiro quien me llamó un día y me dijo que había una oportunidad estupenda para invertir, justo encima de su casa. Casualidades de la vida. Si entras en ella con la llave que te he dado, logras que te sorprendan de forma natural, y si Constanza se cree que tus padres fueron fusilados y has llegado a Madrid huyendo, te dejará quedarte, ya lo verás.

Y en efecto, lo estaba viendo. De momento, ya me había infiltrado. Recuerdo, por cierto, lo desasosegante que me resultó esa palabra, infiltrarse...

—¿Qué, chaval? ¿Ya has abierto el ojo?

Las alarmas se dispararon dentro de mí, sentí hielo por el cuerpo. ¿La voz de Ramiro? Me había descubierto mirando por la ventana hacia la torre de la buhardilla. No podía fingir que seguía durmiendo. Abrí los ojos muy despacio, simulando que emergía de la somnolencia más profunda.

En pie, bajo el umbral de la puerta, Ramiro me miraba con expresión inescrutable, seca, mientras masticaba despacio. Tenía en la mano un trozo de pan y otro de queso, que mordía alternativamente, sin ganas, como alguien que sabe que necesita alimentarse, pero no tiene hambre. Llevaba un chaquetón de cuero, la pistola a la cintura y su gorra de oficial encajada entre el brazo y el costado. Tomaba un bocado antes de salir. Y mientras, me interrogaba:

—¿Me cuentas de dónde has salido?

—¿Esto es Madrid? —balbuceé confusamente. Tenía que ganar tiempo. No sabía para qué, pero supuse que tenía que ganarlo—. ¿Un hospital?

—Estás en mi casa. En Madrid, sí. ¿Recuerdas qué te pasó?

—Me escondí. No tenía dónde dormir.

—¿Quién eres? ¿De dónde vienes?

—Me llamo Joaquín... Vine con unos milicianos, por la carretera de Valencia —añadí con premeditada ambigüedad.

—¿Eres de Valencia? —se extrañó Ramiro. No parecía lógico que alguien huyera desde una ciudad en paz, al menos de momento, hacia otra que se hallaba sitiada y a punto de sufrir el asalto final.

Resonaron varios timbrazos en la casa, los ojos de Ramiro brillaron y cambió en el acto su actitud. Se encasquetó la gorra y salió, masticando pan y queso y sin decir más. Los timbrazos continuaron.

Fui hasta la ventana. En la calle aguardaba un coche negro. El que supuse que sería el chófer, un miliciano con chaqueta y gorro de piel, daba algunos pasos alrededor de la carrocería, estirando las piernas. Me asomé otro poco, hasta ver el portal. Enseguida salieron Ramiro y un segundo hombre alto, envuelto en un abrigo de cuero negro, que le explicaba algo atropelladamente. Subieron los tres al coche, que arrancó y salió a toda prisa.

Revisé la habitación. Tenía la mano derecha vendada. No sentía dolor, aunque me estremeció recordar el calor en la mano, la esquirla rasgándome la carne. Sobre la mesilla estaban mis cosas: el reloj, el recorte del *Plus Ultra*; y también la llave, engarzada al cordel con que me la había sujetado al cuello. Ramiro debió de pensar que era la llave de mi casa, dondequiera que esta se hallase, y que me había encontrado la buhardilla abierta cuando entré. Pero si, mientras me hallaba inconsciente, había comprobado que la llave encajaba en la cerradura de la buhardilla, estaba perdido. Una cuestión que para mi entender, romántico y distorsionado, se antojaba de vida o muerte. Debía aclararlo cuanto antes; y tuve la oportunidad de hacerlo esa misma tarde.

De paso, ocurrió algo... Un rato antes te había oído. Ahora te vi por primera vez.

Me había aventurado a abandonar la cama apenas comprendí que Ramiro tardaría en volver, pues parecía obvio que tenía responsabilidades en la defensa de Madrid.

Comenzaba a anochecer. Recorrí la casa con lentitud, más por aparentar que seguía aturdido, caso de que fuera sorprendido, que porque fuera ese mi verdadero estado.

Y de pronto, ahí estabas; en la cocina, en pie ante la mesa, pelando una cebolla.

¿Eras Constanza?, me pregunté ante tu figura, menuda y me pareció que rechoncha, vestida de oscuro. Sí, tenías que serlo. Esa Constanza irrepetible, única, que Cortés no se hartaba de halagar. «Fuimos muy amigos, antes de la guerra... Constanza, Ramiro y yo...».

Estabas muy quieta. Solo se movía el cuchillo; a gran velocidad, troceando cebolla con mucha práctica, hábilmente manejado por tu mano izquierda. Carraspeé. Te giraste con tal celeridad que el sorprendido fui yo.

—¡Hola! —gritaste, inesperadamente alegre; y tu rostro transformó el sobresalto en expresión de hospitalidad y protección—. ¿Ya estás de pie? Ramiro, al salir, me dijo que te habías despertado.

Te desplazaste alrededor de la mesa para hablarme de cara. Te movías torpemente. Comprobé que estabas embarazada. Seguiste cortando cebolla con la zurda.

—Estoy de ocho meses —especificaste al ver que me fijaba en ello. Y en el acto te cruzó la cara la sombra del miedo: tu hijo nacería en medio de la inminente batalla de Madrid. ¿Y luego? ¿Qué le esperaría al bebé, a todos?

Me pareció lógico presentarme.

—Soy Joaquín —te tendí la mano; instintivamente, la diestra vendada. Tú, también por instinto, te frotaste la zurda contra la falda y me la estrechaste. Me hiciste daño en la herida, me quejé.

—¡Lo siento! —dijiste—. ¡Qué torpe!

—Es culpa mía —dije, y extendí la mano izquierda. Tú, entonces, la apretaste con tu diestra.

—Y yo soy zurda —te disculpaste.

Fue mi primer contacto contigo.

—¿Te duele? —señaló hacia mi mano vendada.

—No, es igual... Quería daros las gracias por...

Le quitaste importancia con un gesto vago de la mano en el aire.

—Tu herida es superficial. Pero traías la ropa manchada de sangre.

—De una chica que conocí, Pepa. Murió en la Puerta
del Sol, el día que me acogisteis, por la mañana.

—¿Amiga tuya?

Me di cuenta de que la sangre de Pepa venía en mi
ayuda, avalaba ante ti la credibilidad de mi historia. Mis
ropas ensangrentadas evidenciaban que había vivido un
episodio dramático. Asentí compungido, como si no quisiera recordarlo. Apretaste con más fuerza mi mano sana,
me miraste a los ojos.

—El hombre siempre encuentra formas nuevas de matar, es terrible. Ramiro dice que va a ir a más, que parece
increíble que esto que está pasando pueda ser verdad,
pero que va a ir a más.

No supe de qué hablabas. Pero decidí que era el momento de averiguar lo que sabíais de mi llave.

—Después de lo de la Puerta del Sol, me perdí. Era de
noche, hacía frío y, como vuestro portal estaba abierto,
me colé. Subí las escaleras y al ver que la puerta de la
buhardilla estaba abierta...

Y te observé conteniendo la respiración. Tú volviste a
cortar cebolla con toda naturalidad.

—La semana pasada durmieron en ella unos refugiados conocidos nuestros. Olvidarían cerrarla... Y hablando
de refugiados, ¿tienes algún pase de algo? ¿El carné de
algún partido, o de un sindicato?

Negué con la cabeza.

—No es prudente andar sin él, aunque seas un crío.
Ramiro te conseguirá uno.

Asentí, incrédulo. No solo había tenido suerte en lo de
la puerta; además, ibais a agenciarme un salvoconducto
para andar por la ciudad. Pero primero debía acabar de
ganarme tu confianza.

—¿Has estado en el frente? —quisiste saber.

—No —dije, ligeramente avergonzado; no sabía qué opinabas de quienes rehuían la lucha.

—Pues mira, mejor para ti. ¿Y quién eres? ¿De dónde vienes?

—Me llamo Joaquín Dechén. Vengo de...

Este era el momento de mentir abiertamente. Cortés sabía que Constanza y Ramiro jamás habían estado en Extremadura, así que debía decir que venía huyendo desde Badajoz; esa circunstancia, imposible de comprobar, me granjearía la simpatía de la pareja, solidaria con los muertos de la batalla de la capital extremeña. Mi coartada más verosímil pasaba por el hecho de mentirte. Sin embargo, no pude.

—... vengo de un orfanato en Ávila.

—¡Ah, Ávila! He estado bastantes veces. ¿Y por qué te fuiste?

—Lo convirtieron en cuartel —improvisé; sabía por Cortés que referirme a Ávila era, precisamente, lo más imprudente que podía hacer: mi capitán y su amigo Ramiro, y Constanza con ellos, habían pasado, durante su aprendizaje como pilotos, largas épocas en esa provincia—. Me escapé con otros chavales y nos fuimos desperdigando. Acabé por encontrarme con una columna de milicianos. Venían a Madrid desde Levante, o desde el sur, y me uní a ellos.

—Me lo dijo Ramiro. Pensó que podían ser las primeras brigadas internacionales, desde Albacete. Dicen que están a punto de llegar, que lo harán de un momento a otro. Son antifascistas de todo el mundo.

—Pues no, estos eran españoles —aclaré, memorizando los datos que tan confiadamente me acababas de dar. Recuerdo que la palabra «antifascistas» llamó mi atención, aunque no fuese el momento de detenerme a averiguar su significado.

—No tengo dónde ir —concluí para estimular tu lástima. Y me dolió, porque era mentirte. No entendí por qué me dolía. Y no entenderlo me irritaba.

Encendiste el fuego, pusiste encima una olla llena de agua. Te movías muy despacio, como de puntillas, y siempre, hacia dondequiera que mirases, exhibías una media sonrisa, como si estuvieras siendo amable con personas invisibles que se movieran por la habitación.

—La guerra se extiende. Se lo come todo. ¿Puedes cortar esas patatas?

Había cinco patatas sobre la encimera. Puse la mano vendada sobre la primera de ellas y la corté en dos con el cuchillo.

—¿En dos trozos vale?

—En cuatro. Cuecen antes.

—Lo que no puedo es pelarlas, con la mano vendada...

—No hace falta. Dice don Manuel que la piel también alimenta.

—¿Quién?

—El vecino del segundo. Subirá a cenar. Sube siempre que Ramiro no está. Me hace compañía.

Recordé que la noche de mi llegada vi, en la ventana del segundo, la luz de una linterna, que podría ser de utilidad para mis planes. Linterna, información sobre las brigadas internacionales... La suerte me sonreía.

—¿También es militar?

—¿Don Manuel? ¡No, por Dios! Solo nos faltaba... Es un señor muy tranquilo, vecino de toda la vida. Se pasa la vida mirando sellos, es su afición. Te dará un poco la lata con eso, ya lo verás.

Entonces sonó, una sola vez, el timbre de la puerta, tan diferente a la llamada insistente de los milicianos, un rato antes, que pareció un timbre distinto, puntilloso y cortés.

—Míralo, aquí está. Este hombre, con o sin guerra, es la puntualidad personificada. ¿Abres tú?

Me apresuré a obedecer.

Don Manuel, el anciano que por las noches estudiaba sus sellos con ayuda de la linterna, era un hombre pequeño y grueso, con gafas metálicas de patillas grotescamente retorcidas y cuatro pelos blancos en la cabeza, despeinados a pesar de su escasez. Vestía pulcramente, con traje y pajarita, y tenía el ceño fruncido, como si yo le hubiera hecho algo.

—No estoy de malhumor —fue lo primero que dijo—. Aunque Dios sabe que tengo razones de sobra. La guerra, chaval, me ha pillado sin darme tiempo para hacerme unas gafas nuevas. Hace semanas que con estas veo mal.

—Semanas no, Joaquín —apareciste en el pasillo para saludar—. Que no te engañe. ¡Lleva más de un año diciendo lo de las gafas!

Sonreí. Cada palabra tuya, cada aparición, me llenaba de alegría.

—No le hagas caso —musitó don Manuel mientras entrábamos a la sala—. Las mujeres distorsionan el tiempo, es una de sus virtudes. Y bien hermosa virtud, dicho sea de paso...

Durante la cena, observé con qué respeto escuchabas al anciano, y el mimo que él te dedicaba. En apenas unas horas en tu casa estaba aprendiendo muchas cosas sobre la vida normal que tratábamos de imaginarnos los niños del orfanato. ¿Cómo sería tener padres, hermanos de verdad, abuelos? ¿Y cenar con ellos en el salón de una casa, en tu hogar? Patatas cocidas con gente a la que pertenecías por sangre y por amor, con gente que era tuya como tú de ellos... Don Manuel podía ser mi abuelo, cascarrabias y cariñoso. ¿Y tú...? Demasiado joven para ser mi madre, demasiado mayor para ser mi esposa... y demasiada fascinación para ser solo mi hermana. ¿Qué miembro de esa imaginada familia mía eras, o podías llegar a ser?

—Dime, muchacho, ¿te interesa la filatelia? —atacó

don Manuel, y tú reíste con tu sonrisa más amplia. Me di cuenta de que me habría quedado toda la noche mirándote reír. Pero el deber era el deber.

—No lo sé —me esforcé por decir, con la mente puesta en la linterna—. ¿Qué es?

—¿¿¿Que qué es??? —don Manuel parpadeó teatralmente, estupefacto— ¿Tú lo oyes, Constanza?

Se puso en pie y tiró de mí hacia la puerta. Me miraste, encogiste los hombros y me dedicaste otra sonrisa. La llevé conmigo escaleras abajo.

Los viejos, Constanza, sabemos cosas; muchas, casi tantas como las que ignoramos. ¿Por qué nadie nos pregunta? Tal vez es simple ley de vida. ¿Acaso el chaval que era yo en noviembre de 1936 habría prestado alguna atención al viejo que soy ahora, casi setenta años después, en noviembre de 2004? ¡Incluso siendo la misma persona! Por tanto, es lógico que me interesara más el recuerdo de esa sonrisa tuya que las palabras de don Manuel.

—¡Mira! ¡La historia del siglo! —dijo, y dejó caer desde la altura de sus brazos, melodramáticamente, un librote de tapas de piel sobre la mesa del salón de su casa. Se levantó una breve polvareda que nos hizo toser a ambos—. ¡Los bombardeos...! —maldijo con voz quejumbrosa, entre carraspeos malhumorados—. Hacen tambalear las casas. Además de matarnos, nos llenan de polvo.

Era la segunda persona a la que oía hablar de los bombardeos. Sabía por Cortés que los propagandistas del bando rojo inventaban mentiras, pero ni tú ni don Manuel parecíais agitadores, pensé mientras la capa de polvo caía como una sábana mecida por el aire sobre el suelo y los muebles, sobre nosotros.

Encima de la mesa, junto al librote, se hallaba la linterna por la que había aceptado bajar con don Manuel, fingiendo interés por las aventuras, según él apasionantes, que contaban los sellos de correos.

—Son nuestra historia. La historia de este siglo que va a ser terrible, que ya lo está siendo.

Abrió el libro. Las páginas llevaban adheridas una serie de tiras de plástico transparente que sujetaban y protegían los sellos, a la vez que permitían extraerlos para examinarlos con comodidad. Don Manuel lo hacía ayudándose de una pequeña pinza que manejaba con mano experta.

—Mira este, por ejemplo —sacó un rectangulito malva, medio arrugado; reproducía el retrato de un hombre de uniforme, con desmesuradas patillas blancas—. ¿Sabes cuando se emitió? ¡El 28 de junio de 1914! El mismo día que un pistolero serbio cometía el magnicidio de Sarajevo, lo que daría lugar a la Gran Guerra. Has oído hablar de la Gran Guerra, supongo...

—Claro. Y del Barón Rojo —dije, recordando el nombre de un aviador legendario de quien me había hablado Cortés.

—¡El Barón Rojo! Menudo tiparraco... —refunfuñó don Manuel, sacando otro sello, este español, el último que se acuñó con el rostro del rey que abdicó—. De la caída de Alfonso XIII, ¿has oído hablar? ¿Y de la República?

—Sí, de eso sí —respondí un poco harto—. ¿Y usted, tanto que sabe, ha oído hablar del *Plus Ultra?*

—¡Por supuesto! ¡Franco y Ruiz de Alda tienen su propio sello! ¡Aquello fue una hazaña histórica! Yo, una vez, los vi en persona. A los dos.

—¿A los aviadores, los de verdad? —pregunté, desbordado por la emoción.

—Al mismísimo Franco y al mismísimo Ruiz de Alda, y al ayudante de Franco. ¿Cómo se llamaba?

—¡Pablo! ¡Pablo Rada! —me apresuré yo a recordarle—. Pero ¿los vio? ¿Habló con ellos?

—Hablar con ellos no, escucharles. Una conferencia en el Ateneo. Contaron su aventura a bordo del *Plus Ul-*

tra. ¡Una epopeya! Y pensar que ese Franco heroico y este carnicero son hermanos...

«Este» no dejaba lugar a dudas. Hablaba del Generalísimo. Yo, por aquellos días, era una extensión viviente del pensamiento del capitán Cortés. Él adoraba a su caudillo. Y yo, en consecuencia, también; sin saber por qué. Porque sí. ¿Cuántas cosas hacemos porque sí? Pues de esta manera, porque sí, me puse en guardia contra don Manuel.

—Ramón es un explorador del mundo y de la vida —empezó a explicar al ver mi cara de desconcierto—. Es cierto que está un poco loco, pero le gusta saber, averiguar, buscar... ¡eso es lo esencial! En cambio, el otro, traidor a su palabra, mandamás de mercenarios moros. Y alemanes, que estos aviones que nos matan se los ha regalado Hitler. Busca, busca aquí... —y pasó violentamente las páginas del librote de sellos—. Encontrarás asesinatos, guerras, magnicidios, pero lo que está pasando estos días en Madrid no lo encontrarás en ningún sello. Ocurre por primera vez en la historia de la humanidad. Tu amiga, la que me contó Constanza que murió en la Puerta del Sol...

—Pepa —dije en voz muy baja. Y me estremeció recordar cómo su vida se había extinguido entre mis brazos.

—Pepa —repitió él—. Pues Pepa, querido Joaquín, forma ya parte, aunque por supuesto contra su voluntad, de la historia sucia del ser humano. Un capítulo nuevo: el bombardeo de ciudades, de objetivos civiles. Antes las guerras enfrentaban a dos ejércitos en los campos de batalla. Nunca un militar del pasado ordenó aniquilar a la gente en las ciudades de retaguardia; bien es cierto que porque no tenían los medios. Pero ahora que los tienen... Un piloto alemán vino desde su casa, en Berlín o Nuremberg, para soltar bombas sobre Madrid. Y asesinó a tu Pepa, que se reía en la Puerta del Sol. Ese es el plan del hermano del aviador del *Plus Ul-*

tra: bombardear Madrid. Matar a la gente. A Pepa, a ti, a mí, a Constanza.

Callé. Cortés, a su vez, también me había dicho que la aviación republicana había comenzado a bombardear objetivos civiles. ¿Quién mentía? ¿Mi capitán o don Manuel? No podía preguntárselo abiertamente, pues corría el riesgo de descubrirme. Pero, para mi asombro, fue el anciano quien abordó el asunto.

—Y a las Pepas y Constanzas de las ciudades del otro lado. Porque cuando se pierde el rumbo, las líneas rectas dejan de serlo. Nuestros periódicos hablan ardorosamente de bombardeos victoriosos sobre el enemigo. Como si fuera para enorgullecerse. Pero tras las palabras «objetivo militar» veo nombres de ciudades, ciudades donde vive gente. Aunque es cierto que se trata de misiones puntuales. En Madrid es distinto. Aquí es día y noche, sin piedad. Para aterrorizar a la gente, para que todos sepamos que podemos morir en cualquier momento: al reírnos en la Puerta del Sol, al mirar sellos con un amigo... Perdido el rumbo, Joaquín, las líneas rectas hacen eses. ¡Pobre Madrid! En las calles, pistoleros sin ley asesinan a quien les viene en gana. La República no manda. O peor, da órdenes y nadie las obedece. Revolucionarios que ni sospechan el significado de esa palabra, enorme y complejísimo, se aferran a ella para pegar tiros en la nuca. ¡Como si eso fuera la revolución! Y desde el aire, asesinos con otro uniforme y otra palabrería nos matan igual. La primera capital, en toda la historia, bombardeada desde el aire. Triste honor para nuestro Madrid... Al final, Joaquín, en las guerras siempre hay dos bandos, los mismos una y otra vez: el bando de los asesinos contra el bando de la gente. Hace seis años... ¿Tú cuántos años tienes?

—Quince.

—Tenías nueve cuando pasó lo que te voy a contar. Una historia de tu héroe aviador, Ramón Franco.

94

De repente, nos interrumpió un estremecedor aullido sobre la ciudad. Lo oía por primera vez y no pude evitar pegar un bote en la silla. Don Manuel me puso una mano en el hombro.

—Las sirenas de alarma. Vienen aviones. Hay que bajar —dijo, poniéndose en pie. Era entonces o nunca.

—¿Me deja los sellos? Para mirarlos luego...

Don Manuel sonrió, satisfecho de haber despertado mi interés. Me dio el libro. Y también la linterna; por supuesto, sin imaginar que eso era lo que realmente deseaba. Fuimos hacia la puerta. Él siguió con su historia de Ramón Franco. Yo le atendía con curiosidad verdadera, a pesar del inminente bombardeo.

—En mil novecientos treinta, en diciembre, cuando todavía estaba el rey en España, hubo una conspiración para derrocarlo. Ramón Franco, que siempre ha sido republicano, estaba entre los conjurados. Subió a su avión, lo cargó de bombas y despegó rumbo al Palacio Real. Su plan era bombardearlo en un espectacular golpe de efecto, atacar directamente al Rey. Divisaron el palacio, él y su copiloto. Estaban listos para soltar las bombas cuando Ramón vio en el patio del palacio algo que le paralizó. Dudó, el avión pasó de largo, viró unos cientos de metros más allá, y volvió para intentarlo de nuevo.

Empezaron a sonar explosiones. ¿Lejos? ¿Cerca? Imposible definirlo, tal vez eso era lo más pavoroso. Apresuramos el paso. Don Manuel elevó la voz, aceleró su narración.

—Pero los dos hombres sabían que lo que habían visto les impediría soltar las bombas. Y en efecto... Regresaron derrotados. A las pocas horas, el golpe fracasó. ¿Sabes por qué no soltaron las bombas? Porque en el patio del Palacio Real había niños jugando, y su moral de hombres del aire, ¡de héroes del *Plus Ultra!,* les impedía lograr sus objetivos si el precio era el asesinato de niños.

¿Comprendes? ¡Solo hace seis años! Hoy, sin embargo, eso no importa. Madrid tiene que caer. A cualquier precio. Franco y sus asesinos han inventado un sistema nuevo de horror: bombardear las ciudades. Hacerlo sistemáticamente.

Llegamos al portal. El refugio era la mercería del bajo. Allí, cuando entramos, estaba apiñada la gente de las casas vecinas. Hombres en pijama, mujeres abrazadas a niños pequeños a los que se esforzaban por sonreír, ancianos asustados o rabiosos... Te busqué con la mirada. No te vi.

—Cuando seas un viejo, Joaquín, acuérdate de lo que te digo —exigió don Manuel, mirándome a los ojos—. En el futuro, los hombres inventarán aviones nuevos y mejores. Y bombardearán las ciudades, exterminarán a la gente, Pepas de todo el mundo y de todas las razas asesinadas mil millones de veces, gente como nosotros ahora. Nos llaman criminales para justificarse. Pero somos la gente. Y esos de ahí arriba son los asesinos y lo serán siempre. En esta guerra y en las del siglo que viene. Ellos y quienes los mandan. Antes o después uno tiene que elegir: estar en un bando o estar en el otro.

Apareciste en ese instante, justo cuando explotaba una bomba que hizo temblar el edificio. El polvo y el aire desplazado te envolvieron, sacudieron tu ropa y tu cabellera, me hicieron comprender que podías haber caído muerta en ese instante. Fui hacia ti. Te abracé y tú me abrazaste a mí, también a don Manuel. La proximidad de la muerte deja a un lado los pudores.

—¡Qué cerca ha estado esta...! —dijiste con tu sonrisa discreta, como si quisieras quitar importancia a lo que nos pasaba, y escoltada por don Manuel fuiste hacia el fondo, donde había un colchón que, como embarazada, te correspondía para reposar. Te acariciabas la tripa como si quisieras tranquilizar a alguien. Me quedé quieto, observándote. Y entendí que exactamente era eso lo que hacías: tranquilizabas a alguien, al hijo que llevabas dentro.

Entonces fijaste la vista en la puerta, por encima de mi hombro. Brilló en tus ojos una emoción intensa, indefinible: esperanza en medio de las bombas. O felicidad dentro del horror.

Me volví. Ramiro estaba bajo el umbral. En su mirada vi que nada le importaba, excepto localizarte. Te vio. Fue hacia ti.

—He oído que bombardeaban Atocha —dijo, y os abrazasteis. Brevísimo pero innegable: os amabais. Triste, dolido, sintiéndome estúpido, aparté la vista y me fui hacia la entrada.

Madrid, de noche, se iluminaba con golpes de fuego cortos y estruendosos. En el portal de enfrente, semiocultos tras los sacos de tierra que protegían la entrada, se hallaban el chófer de Ramiro y el hombre del abrigo negro que había visto por la tarde. Miraban hacia el cielo en silencio, sombríos y graves. «Ya llegará nuestro turno», parecían pensar.

Al rato, cuando el retorno del silencio evidenció que por esa noche los aviones habían regresado a sus guaridas, los dos hombres salieron a la acera. Los refugiados de la tienda nos asomamos también. Yo llevaba el libro de sellos en la mano, también la linterna. Me pareció que el hombre del abrigo negro la observaba; primero miró la linterna y luego a mí, a los ojos. Igual que había mirado los aviones de la noche: con expresión siniestra e indescifrable.

Cautelosamente, me pegué a ti y a Ramiro cuando salisteis a la calle. Ramiro cruzó unas palabras con el hombre del abrigo negro, y pude entonces oír su voz; hablaba con acento extranjero. Después, se fue con el chófer.

Poco a poco todos los vecinos, la gente, como los llamaba don Manuel, fuimos volviendo a nuestras casas; li-

97

berados de momento, pero sabiéndonos a merced del capricho de los aviadores enemigos.

Más tarde, a solas en mi cuarto, tumbado sin desnudarme sobre la cama, escuchaba los silencios de la casa. Cuando se unificaron en uno solo y supe que todo el mundo dormía, cogí la linterna. El reloj que me había dado Cortés marcaba las doce menos cinco, casi la hora acordada para nuestra cita diaria, a la que yo iba a acudir por primera vez.

Me deslicé fuera de la habitación, salí de la casa; al dejar la puerta abierta para poder entrar luego de vuelta, fui repentinamente consciente de todos los riesgos que asumía. ¿Y si tú y tu marido os levantabais en mitad de la noche? ¿Y si algún apremio traía a don Manuel hasta vuestra puerta?

Subí las escaleras hacia la buhardilla. Abrí con la llave, entré y avancé en la oscuridad hasta el ventanuco que daba al tejado. Deslicé la cama contra la pared para encaramarme a ella. Lo hice con sumo cuidado, recordando que Ramiro había oído cómo la desplazaba la noche que me descubrió. Me encaramé al ventanuco, salí al tejado.

Madrid era una masa de oscuridad casi pura, un gran lienzo pintado con los colores de la noche, en el que a veces surgía la forma de un edificio o se intuían destellos infinitesimales y remotos. La luminosidad quería brotar, pero los ciudadanos, uno a uno, pugnaban por sujetarla. ¿Dónde se escondía la ciudad en la noche sin luna?

A las doce en punto oí un motor solitario y lejano. Me emocioné y me asusté; ambos sentimientos se turnaban en el dominio del uno sobre el otro. Quería a Cortés, lo idolatraba. Él me había protegido siempre y me protegería ahora. Él...

¿Conocería los bombardeos sobre la población civil? ¿Podía sospechar la muerte a manos de los alemanes de Pepa o de tantas como Pepa? Y del peligro que tú, su querida Constanza, corrías, ¿imaginaba algo? Me sentí confundido y tenía mil preguntas que hacer al capitán. ¿Por qué, con lo sencillo y hermoso que era atravesar el cielo pilotando un avión, resultaba tan sucia esta guerra?

Las doce en punto. El avión de Cortés tenía que hallarse sobre mí. Y yo tenía que confiar en alguien. ¿Por qué no en él, que me había dado una vida nueva?

Tomé la linterna. Apenas me dejasteis solo, había comprobado que su mecanismo me permitía emitir mensajes en el Idioma de Luz de mi capitán. En mis manos, pues, la linterna hablaba.

Miré hacia el cielo y, formando letra a letra palabras de luz, dije:

—Aquí estoy, mi capitán. Brigadas Internacionales en Albacete. No han llegado a Madrid. Miedo por los bombardeos. Matan civiles.

Paré un instante, preguntándome qué efecto habría provocado la última información en Cortés. Y luego, pensando en la otra cuestión que le interesaba, añadí:

—Constanza embarazada de ocho meses. Buena salud.

Y callé, guardándome en el corazón lo que a esas alturas ya sentía por ti.

Largo vuelo hacia el horizonte

Míralo, ahí lo tienes. ¡Por fin! —gritó, jubiloso, Jacobo, y se puso a grabar; sin duda, había llegado a temer seriamente por los ciento diez euros del bautizo, copias en DVD incluidas.

Un punto negro móvil apareció en la lejanía frente a nosotros, nítido sobre el despejado cielo gris del día de noviembre. Apenas se oía el motor, debido, supuse, a que el viento soplaba en contra.

—Un vuelecito rasante hacia la derecha... Así... —murmuraba, como si recitara un guión, Jacobo; seguía en panorámica a la avioneta, que efectivamente volaba bajo y aceleraba—. Otro hacia la izquierda, muy bien... Y ahora, venga... ¡La pirueta!

Di dos pasos adelante para apartarme del cámara, para que en mi ángulo de visión solo quedaran la avioneta y el cielo. ¿Hacía falta más para realizar el Trompo? Sí, pensé. La voluntad de un hombre.

Dechén aceleró y empezó a ascender. Subió, subió, subió. Solo era un grueso punto negro sobre el gris, demasiado pequeño para que el cámara lograra seguirlo en condiciones. De pronto, surgió de la cola de la avioneta una espesa columna de humo blanco. Me alarmé.

¿Fallaba el motor, iba a arder? Pero el cámara filmaba como si no pasara nada, y la avioneta volaba sin problemas. Dechén había soltado el humo precisamente para hacerse visible.

Entonces empezó a ejecutar piruetas aéreas. Pero no era el Trompo, sino una letra. Una «c» que enlazó con una «o», luego con una «n» y así sucesivamente, hasta escribir «Constanza». La palabra se mantuvo meciéndose en el cielo como una nube con nombre propio. Y entonces sí, desde la «a» final, acometió Dechén el inicio del Trompo. Me pareció que ahora se escuchaba con mayor nitidez el motor. El viento lo favorecía o tal vez Dechén había forzado la máxima potencia. La avioneta se lanzó como una flecha hacia arriba y entonces empezó a dibujar un círculo blanco de humo.

—¡Yuuuuuu...! —gritó detrás de mí Jacobo, como un vaquero en un rodeo.

Dechén subió, puso el avión vertical y luego, continuando con el giro, boca abajo; se lanzó en picado hasta recuperar poco a poco la horizontal. La acrobacia duró casi un minuto. Al final me faltó el aire; había contenido la respiración todo el tiempo.

—¡...uuuuuuuuh! —siguió con su grito el cámara—. ¡Esto es grande! Ahora *zoom* atrás... ¡Y como en Hollywood!

Miré el monitor de control que tenía a sus pies. En el encuadre se veía el círculo blanco, a modo de adorno final sobre el nombre de Constanza, que se sostenía en el cielo como si el viento se hubiera detenido para alargarle la vida.

—Ahora un planito de aterrizaje...

Jacobo siguió con la cámara a la avioneta en su descenso hacia la pista. Vi en el monitor cómo bajaba en picado y aceleraba para tomar tierra, más y más rápido.

¿Llegué a intuir el desastre antes de que ocurriera?

De repente, una bola naranja explotó en el monitor, sincronizada con el sonido de una explosión lejana. Alcé la vista, busqué en el horizonte. Pero ya no había avioneta.

La lejana bola naranja, mucho más pequeña en la realidad que en el monitor, insignificante en el horizonte, comenzó a alargarse hacia el cielo como una lengua encarnada. Luego, solo quedó humo negro.

Jacobo y yo nos miramos, atónitos. El cámara lanzó de cualquier manera sus cosas en la parte trasera de la furgoneta; yo le ayudé. Unos segundos después, conducía a toda prisa hacia el lugar del accidente, señalado por la sombría columna negra. En otra esquina del cielo, las letras que habían formado el nombre de mujer se desdibujaban, empezaban a disiparse y al poco desaparecieron para siempre.

Llegamos al lugar del accidente, sintiéndonos impotentes ante los jirones llameantes esparcidos por la tierra. Yo los miraba y, a la vez, volvía la vista. Dechén podía estar desintegrado en mil pedazos o también ser cualquiera de los bultos renegridos sin forma. Lo único seguro era que se había matado y que inexplicablemente, pues se trataba de alguien a quien conocía solo desde unas horas atrás, su ausencia me llenaba de soledad. Me asustaba.

Por suerte, alguien más había visto la columna de humo, y dos coches con sirenas, uno de ellos de bomberos, llegaron en ese momento. Apagaron prestamente los rescoldos de fuego, aunque ya sin esperanzas de salvar a Dechén.

Mis sentidos percibían en desorden lo que acontecía a mi alrededor. Sonaron móviles; alguien señaló a Jacobo que tendría que entregar una copia del vídeo por si contribuía a esclarecer el suceso; un bombero, en jarras ante lo que había sido la cabina de la avioneta, agitaba tristemente la cabeza. Siguieron sonando móviles. No sé en qué momento de ese aturdido caos tuve la certeza de que Dechén se había estrellado a propósito. Uno de los móviles que sonaba era el mío; vibraba en mi bolsillo y contesté:

—Hmmm, Enrique... —dije, incapaz de disimular mi abatimiento por la terrible escena.

—¿Hola? —chilló una alegre voz de mujer, de chica joven. Miré rápidamente al móvil. Era el de Dechén y en la pantalla parpadeaba la identificación de la llamada entrante: Constanza.

—¿Hola? —repitió—. ¿Joaquín?

—Joaquín no puede ponerse —dije; y me apresuré a añadir, para tranquilizarla—. Me ha dejado su móvil para que le coja los recados. ¿Quieres que... ? —callé, incapaz de concluir la pregunta.

—No, déjalo —interrumpió Constanza; su alegría, su felicidad, hacían más duro el contraste con lo que tenía a mi alrededor. ¿Iba a colgar? De pronto me aterrorizó que lo hiciera. No saber más de ella.

—Me ha dejado algo para ti —lancé a la desesperada.

—Si le voy a ver mañana...

Obvié su comentario.

—Un libro —dije—. Y también un paquete con un regalo. Y un vídeo.

Dechén no me había dicho eso. Pero estaba seguro de que había encargado que filmasen su propia muerte para que la joven viera el vídeo al día siguiente, siete de noviembre.

—¡Qué bien, me encantan las sorpresas! Sí, mañana es un día muy importante para los dos. ¿Cuándo me lo das?

—¿Esta tarde?

—Vale. ¿Cómo, dónde? ¿A qué hora?

—¿En la cafetería de la estación de Atocha? —sugerí—. Estoy trabajando allí al lado. ¿A las siete?

—Venga, a las siete. ¿Cómo te reconoceré?

—Llevaré el libro en la mano. Grande, tamaño folio, con tapas verdes. Y una cinta de vídeo.

—Vale, hasta luego.

Y colgó.

¿Me había metido en un lío inconveniente? Tal y como lo sentía, no. Tenía que contarle a Constanza que había sido testigo de las últimas horas de vida de su amigo Joaquín. ¿Su amigo? ¿Cómo sabía que la relación no era otra, mucho más estrecha y compleja? Visto lo visto, la simple amistad parecía una explicación demasiado simple.

—La avioneta era robada —apuntó una voz a mi espalda.

—¿Robada? —preguntó alguien; me volví. Hablaban un bombero y un técnico, que a pesar del frío iba en mangas de camisa, con el nudo de la corbata aflojado. Era evidente que había salido a toda prisa hacia el lugar del siniestro. El cámara estaba junto a ellos, escuchando. Yo también me acerqué.

—Sí, robada —explicó el técnico—. Técnicamente, robada. No tenía permiso de vuelo, despegó por su cuenta y riesgo. Tenía que ser alguien del aeródromo, que sabía desenvolverse sin levantar sospechas.

Jacobo y yo nos miramos. Solo nosotros dos, pues, conocíamos la identidad del muerto.

—Usted lo grabó todo... —inquirió el técnico al cámara.

—No... —dijo Jacobo hábilmente, quitándole importancia—. Nosotros lo vimos y vinimos por si podíamos ayudar. Pero no hemos grabado nada, íbamos a hacer un bautizo. Que por cierto... —miró en mi dirección, tocando con el índice la esfera de su reloj de muñeca. Yo entendí la argucia y me puse en marcha.

—Sí, vamos.

Nadie nos pidió más explicaciones. En realidad, no había allí autoridad alguna que pudiera hacerlo. Un minuto después estábamos en el coche, de regreso a Madrid.

—Quería quedarse la cinta, el tío —sonreía Jacobo, con la vista fija en la carretera—. Con la pastita que les puedo sacar a los de la *tele*. Con todos mis respetos al muerto, a ver si me entiendes. Pero a él ya le da igual, ¿no crees?

—Probablemente —dije, y no mentía—. Oye, ¿te pagó el trabajo?

—Sí, sí. Por adelantado.

—Entonces, lo justo es que me des una copia para sus herederos. ¿Te parece? Yo conozco a su... nieta —añadí; me pareció un vínculo verosímil.

—Pero lo de vender las imágenes a la televisión...

—Todo tuyo. Solo quiero esa copia. Y que no se emita antes de pasado mañana, que le dé tiempo a la chica a verla. Sería muy fuerte que se enterara por la *tele*, ¿no?

—Tienes razón. Venga, ven a mi estudio y te doy la copia. Cuanto antes, mejor —ofreció con generosidad falsa, inspirada por su miedo a que me arrepintiese y quisiera más tajada.

Una hora después estaba de regreso en la casa de Dechén. Entonces me impresionó aún más la cama perfectamente hecha, su hondo significado de tristeza, de ausencia irreversible, de soledad antigua acumulada.

Acaricié las letras rayadas en la pared. Me parecieron un epitafio, el de alguien que murió el siete de noviembre de 1936. ¿Quién?

Miré el reloj; las cinco menos veinte de la tarde. Tenía tiempo de seguir con la lectura antes de acudir a mi cita. Caí en la cuenta de que estaba leyendo en el mismo lugar donde Dechén había escrito, seguramente sentado en esa misma silla, apoyado sobre el tablero de la vieja mesa de madera. Tal vez por simple deformación de escritor, deudora de algún inútil fondo poético, apoyé el libro sobre el tablero y me senté en la silla, dispuesto a saber por fin aquello que se inició entre el seis y el siete de noviembre de 1936 y acababa de concluir casi sesenta y ocho años después con el suicidio de Joaquín Dechén.

¿O no había concluido?

La invencible ciudad de la gente

sta silla donde me siento, esta mesa sobre la que te escribo, la luz de la lámpara y también la de la luna que brilla tras los cristales... Todos estos elementos están aquí, conmigo, donde han estado siempre, en la sala donde ha transcurrido la práctica totalidad de mi vida.

Y la ventana..., la misma ventana de mi traición. Inclinada sobre el techo abuhardillado, de tan fácil acceso al exterior. A ella me encaramé, a las doce en punto de la noche, todos los días de finales de octubre y principios de noviembre de 1936. Desde allí, con la linterna robada al confiado don Manuel, relaté a Cortés lo que acontecía en la capital sitiada. La mayor parte de las veces pensaba que era una tarea absurda, que por fuerza el capitán y su servicio de espionaje tenían que saber lo que yo caligrafiaba con letras de luz. Pero más tarde supe que algunas de mis informaciones tuvieron gran valor. Como Cortés había imaginado, Ramiro estaba en posesión de datos que solo conocían unos pocos, y efectivamente los comentaba en vuestro hogar con naturalidad despreocupada; a veces contigo, a veces con don Manuel, y casi siempre sin importarle demasiado que yo me hallara delante, pues tú me mostrabas tu cariño y confianza, y eso era suficiente para Ramiro. De todas formas, según él, la ciudad estaba perdida, y ni siquiera un milagro podría salvarla de las fuerzas de Franco, que comandaba el general Varela. Era cuestión de horas, de días que la ciudad cayese.

Con la linterna narré al cielo los sucesos de aquellos días en Madrid, confiado en que un avión fantasma, al que no siempre ubicaba por el sonido del motor, se hallase efectivamente en lo alto, recogiendo mis mensajes.

Conté la llegada de los primeros aviones rusos, que el gobierno celebró con entusiasmo no compartido por Ramiro, para quien toda fuerza era insuficiente mientras no hubiese un mando militar profesional y único. Conté los rumores sobre la inminente entrada de las Brigadas Internacionales, que podrían, según los más optimistas, dar un vuelco a la batalla. Conté el desánimo gubernamental, por el que Ramiro se desesperaba a la hora de la cena, ante las raciones cada vez más escasas; algunos ministros comenzaban a acariciar la idea de abandonar Madrid, de permitir que Franco la tomara para, desde la nueva capital de la República, Valencia, preparar una contraofensiva en condiciones. Conté las terribles revanchas contra los presos derechistas, los asesinatos que tanto te entristecían a ti, y deprimían a Ramiro y a don Manuel, para quien ninguna ideología justificaba la ejecución de un hombre, y menos esos terribles asesinatos; en concreto, fue para mí terrible y deprimente la noticia del fusilamiento sin juicio de Ruiz de Alda, uno de mis idolatrados aventureros del *Plus Ultra.* Qué choque y qué miedo, qué vértigo me produjo saber que los héroes inmortales también mueren. ¿Por qué él? ¿Por qué tantos? Conté al cielo de la noche que en Madrid ya no mandaba nadie más que el caos y, si acaso, los agentes que Stalin había introducido en el Partido Comunista; como el hombre del abrigo negro, que unas veces discutía con Ramiro y otras parecía vigilarle. Conté que la moral estaba por los suelos, pero también que había desesperados intentos por formar en la capital un ejército capaz de enfrentarse a los atacantes. Conté el temor a la quinta columna, el ejército de las sombras de Madrid, los derechistas ocultos que aguardaban anhelantes la hora de la liberación y de la revancha. Conté, aunque imaginaba que Cortés nada podía hacer al respecto, que los aviones alemanes bombardeaban a la gente de día y de noche, a intervalos no por esperados menos sorpresivos y mortales; eso lo conté cada una de las noches. Todas las noches. Y también conté que tú darías a luz de un momento a otro, y que sufrías la tensión creciente del asedio, y que una vez te despertaste gritando, porque creías que el niño llegaría en medio de los bombardeos y habías soñado que aunque ninguna bomba le hacía daño, nacía muerto a causa del ruido infernal de los aviones que bombardeaban y ametrallaban a la gente. Conté también que en la casa todos os habíais habituado a mi presencia, y que era tal la sensación de abismo, de inminencia del final, que no os resultaba raro que habitara un extraño entre vosotros. Lo conté todo... todo, excepto las transformaciones de mi corazón. ¿A qué se debieron? ¿A la fascinación que sentía por ti? ¿A las largas conversaciones con don Manuel? El anciano lloraba literalmente al conocer los asesinatos que en nombre de la República cometían bárbaros de la peor calaña; al comprender que su República-Isla, a la que él llamaba así porque había constituido, decía, un intento aislado y admirable de progreso y civilización democrática en medio de la barbarie fascista que asolaba Europa, no era ya sino un árbol hecho astillas que pronto alguien arrojaría al fuego. Y mientras la gente, la gente que don Manuel llamaba sagrada, vivía agazapada en sus casas, bajo el hambre y el frío, a la espera de la liberación, de la mal llamada liberación, con terror que crecía y se volvía palpable. Gente que se preguntaba dónde estaba su gobierno, dónde la autoridad, dónde un ejército que detuviera la ola imparable de mercenarios moros, de alemanes e italianos. También esas dos palabras concretas, moros y mercenarios, me agitaban el corazón y me hacían desear hallarme frente a Cortés, en quien tanto confiaba, para preguntarle muchas cosas, pero sobre todo una: si nuestra causa era la justa, ¿por qué un ejército de asesinos a sueldo se disponía a ensañarse con la gente de Madrid? Pero creo que de todo aquel laberinto de dudas insondables, que me atormentaban aunque seguía mandando mis mensajes de luz, nada me transformó tanto como unas inesperadas palabras que oí pronunciar a Ramiro. Impresionado por ellas, empecé a ver las cosas de otra manera, y comprendí por primera vez que lo negro no es solo negro, ni lo blanco blanco; que en medio está el mar de grises inabarcables.

Fue aquí, en la buhardilla donde escribo, bajo la ventana de mi traición. Una noche, sería el dos o el tres de noviembre, subí a la hora acordada para enviar mis mensajes, que ese día iban a dar cuenta de la reunión en la Junta de Defensa; Ramiro había escuchado los planes del gobierno para huir de Madrid. Decididamente, todo se derrumbaba; y por supuesto, también la resolución de los hombres honestos.

Subí a la buhardilla confiado, aunque preservando como siempre cierta cautela. Por eso no me descubrieron las dos personas que se hallaban dentro, y a las que identifiqué por sus voces: erais tú y tu marido.

Ramiro había pasado de la furia al abatimiento. Para él, abandonar Madrid a su suerte era la más inconcebible canallada, y de nada le servía el burdo razonamiento, «escapar para rearmarse», con que se justificaban los ministros partidarios de la cobardía. Tras explayarse a gusto durante la cena, rabioso e indignado, había ido a acostarse. Pero probablemente no logró conciliar el sueño, y ahora hablabais bajo la ventana, a la luz de la luna y con el ruido del cañoneo de fondo. Supuse que ese lugar retirado había representado algo especial para vosotros, y por eso os habíais apartado a él.

Yo, deformado ya por la repugnante tarea del espionaje, escuché sin el menor remordimiento.

—Parece —decía, quedamente, Ramiro— que habré de sufrirlo siempre, el resto de mi vida...

Y alargaba las pausas como si no fuera a decir más. Pero tú sabías que continuaría, porque en vez de responder te limitabas a sostener su cabeza contra tu pecho, a deslizar las yemas de los dedos por su pelo.

—Regresa una y otra vez... Durante el día, la guerra me distrae. Aparto al fantasma..., pero por las noches no hay solución. Pronto hará cuatro meses, y cuanto más tiempo pasa es peor, son peores las dos cosas: el fantasma y mi culpa. Ya, ya..., cumplí con mi deber, y el traidor y el desleal fue Javier...

Esta palabra me erizó la piel. Seguí escuchando, pero ahora el corazón me latía con fuerza. Aferré, por gesto reflejo, mi reloj; el reloj de Javier.

—Pero fui yo quien bombardeó el Cuartel de la Montaña. Yo, quien mató a Javier.

Aquí sí saltaste:

—No, Ramiro. Eso no puedes saberlo.

—Sí que puedo. Su cuerpo estaba destrozado por una explosión. Una bomba mía.

—O de los cañones que también les dispararon. O de la ira de la gente, que se ensañó con los cadáveres.

Ramiro agitó la cabeza.

—Todo eso suena muy bien, parece muy lógico... Pero los amigos éramos él y yo; él, yo y Luis... Antes del maldito dieciocho de julio. ¿Tú te acuerdas cómo nos reíamos, cómo nos gustaba salir a volar? ¡Cómo no te vas a acordar! ¡Ahí, junto a la puerta!

Me sobresalté. ¿Me había descubierto Ramiro? Pero no; solo veía a sus fantasmas.

—¡Ahí mismo descorchamos aquella botella de champán! ¿Te acuerdas? Cuando Luis compró la buhardilla.

—¡Cómo no me voy a acordar! Fue la primera vez que os hablé de «Avionetas Atocha», la empresa de aviación que íbamos a montar entre todos...

—«Avionetas Atocha» —repitió, tristemente, Ramiro—. Habría sido bonito. Siempre has tenido buenas ideas...

—¿Estará ahí fuera? —preguntaste, volviendo aún más íntimo el tono, casi temeroso; era obvio que hablabas de Luis, de quien había sido vuestro amigo antes de convertirse en el hombre que bombardeaba a civiles inocentes.

Miré el reloj; las doce y diez. Sí, estaría ahí fuera, en concreto ahí arriba, preguntándose por qué su espía no daba esa noche señales de vida. Ramiro se encogió de hombros:

—Claro que estará... Es muy buen piloto, conoce Madrid como nadie. Será uno de los jefes de la aviación de Franco.

—¿Le crees capaz? ¿De bombardearnos así?

—Mi amor —te dijo Ramiro; y yo, al oír esas palabras, bajé los ojos, con una mezcla de pudor y envidia—, ¿era yo capaz antes del dieciocho de julio de tirar bombas sobre el lugar donde estaba mi amigo? Los hombres cambiamos. Nos estropeamos.

—¡Perdona! —te pusiste en pie, enfadada. Tu voz adquirió especial fuerza porque ese instante coincidió con el del final del cañoneo. El silencio dio vigor a tus palabras—. Cumplías con tu deber, el traidor fue Javier. ¿Quién escupió sobre su palabra de honor? ¿Tú o él? ¿Tú, o él y Luis? ¡Y no es lo mismo! Tú atacaste una posición enemiga, ocupada por militares armados. Y Luis, si es verdad que nos está bombardeando, está matando a gente inocente. A mí. A nuestro hijo, que va a nacer con los moros llegando. Si es así, ¿qué distingue a Luis de esos que en nombre de la República también asesinan gente? Por ser de derechas o por parecerlo, por nada más. De no estar tú, a mí podrían haberme fusilado. ¿O no? Solo por ser aristócrata.

Callé, sorprendido por este dato nuevo sobre ti. Y esperé que contaras algo más, si eras condesa o duquesa y cómo habías llegado hasta aquí. Pero guardaste silencio porque Ramiro te lo pidió, alarmado por algún ruido del exterior.

—Sssst —indicó—. ¿No oyes? Un motor...

Los tres aguzamos el oído. Sí, un motor; yo sabía cuál... El motor de todas las noches, pero más cercano. Cortés se arriesgaba a volar más bajo, casi a tiro de los cañones antiaéreos, para tratar de averiguar por qué yo no había acudido a nuestra cita. El motor nos sobrevoló como un presagio y luego se alejó.

—Venga —dijiste, tirando de Ramiro—. Vamos a dormir.

Huí escaleras abajo y me refugié en mi cama, fingiendo dormir cuando pasasteis por delante de mi habitación, con el corazón en la boca y tratando de asimilar el inesperado golpe de humanidad que acababa de colisionar con la imagen de crueldad que yo, porque Cortés la había alimentado, tenía hasta entonces de Ramiro.

La duda latía en mi corazón, pero no era suficiente para que renunciara a mi vida y a mis impulsos. A la noche siguiente, subí a enviar mis mensajes, y también a la siguiente.

Sin embargo, el cuatro de noviembre apagué la linterna. Ese día, cuando nadie dudaba ya que Madrid caería en cuestión de horas, se cumplió la peor predicción de don Manuel: los bombardeos castigaron la ciudad de forma continua, masiva e indiscriminada. Madrid, indeseable honor, fue la primera ciudad de la historia en ser machacada con el objetivo premeditado de sembrar el terror exterminando a civiles, mujeres, niños y ancianos. Asesinos contra gente. El miedo a morir en el tejado, pero a la vez el espanto por lo que veía, me decidieron a renunciar a la linterna. No mandé más mensajes. El azar, el mismo azar que me había hecho cambiar de identidad, conocer a un hombre que me enseñó a volar y encontrarme contigo en una casa de la glorieta de Atocha, me tenía ahora reservada otra misión. Pero al dejar de mandar mensajes de luz se rompió también mi único vínculo con la seguridad que me daba Cortés. De pronto, estuve aislado y solo. Como la gente, como toda la gente de Madrid.

El terror inundó la ciudad. Empezó la desbandada. Los segundos pasaban muy despacio; daba la sensación de que, una vez transcurridos, volvían a empezar. Pero a la vez, todo se precipitaba como un alud montaña abajo.

Y el seis de noviembre llegó el destino. El de todos, pero sobre todo el mío, el nuestro.

Estábamos en el refugio de la tienda de abajo. Tú, acostada y a punto de dar a luz, don Manuel, yo... Todos los vecinos agonizando de incertidumbre; yo, un madrileño más bajo las bombas. El cañoneo era incesante. A cada explosión nos mirábamos, pero nadie decía nada.

Se abrió la puerta. Era por la tarde, comenzaba a anochecer. Entró Ramiro demudado, indiferente al ruido infernal, al traqueteo inquietante de los cimientos. Fue hacia ti, te abrazó en silencio, intentó dibujar una mínima sonrisa sin conseguirlo.

—Se han ido —te dijo, pero don Manuel y yo también lo oímos.

—¡El gobierno...! —comprendió, desolado, don Manuel. Y para no caer, hubo de sentarse en el suelo, tratando de contener las lágrimas. Era terrible ver así, a merced del desastre, del horror, a un hombre bueno que sabía tantas cosas.

—Nuestro hijo —continuó Ramiro—. Eso es en lo que tenemos que pensar ahora. Escucha, Constanza, la entrada de Franco es cuestión de horas. Mañana, probablemente, estén aquí. No podemos engañarnos: a mí me fusilarán. Pero ahora hay que pensar en el niño. Si hay suerte, todavía pasarán unos días antes de que nazca. Yo había pensado...

—Ramiro —dijiste a tu marido.

—Había pensado que...

—¡Ramiro! —volviste a interrumpir, y esta vez sí se detuvo a escucharte. Tenías lágrimas en los ojos; no tanto por tu angustia como por la que ibas a crearle a él—. He roto aguas. Hace un momento. Va a tener que nacer aquí. Ahora.

Ramiro se tambaleó. La magnitud del desastre lo golpeó en ese preciso momento. Vi que, literalmente, no sabía qué gesto hacer ni qué palabra decir.

—Mi piso —dijo a su espalda don Manuel, repentinamente resuelto. Había escuchado la conversación y se había puesto en pie. Sus cuatro pelos parecían antenas de insecto, tenía lágrimas en los ojos y sus gafas, con las patillas retorcidas, se anclaban cómicamente sobre su nariz y sus orejas. Pero también tenía decisión en el rostro—. En mi piso estarás mejor que aquí. Es un segundo, sería mucha mala pata que le acertara un pepinazo.

Le miraste, miraste a Ramiro, volviste a mirar a don Manuel. Dudabas, tenías miedo de abandonar la seguridad mínima del refugio, lo único que teníamos.

Don Manuel te apretó las manos y te miró a los ojos.

—¿Respetas tu vida? —te preguntó; pero no te dejó responder—. Yo sé que sí, mi niña. La tuya y la de tu hijo. Y cómo la respetas, dime: ¿has llegado hasta aquí, hasta tan lejos en tu vida, la única que tienes y tendrás, para consentir que tu hijo nazca en el polvo, rodeado de miedosos? —algunos de los vecinos, de los miedosos, se acercaron; unos porque sintieron curiosidad, otros porque les desagradó el insulto, la mayoría porque querían contagiarse de la fuerza que de pronto parecía asistir a don Manuel—. ¿O le vas a regalar tu valor, Constanza? ¡Que venga al mundo en una cama limpia, por muchas bombas que caigan! ¡Que venga desafiando al miedo!

Sonreíste. A pesar de todo, sonreíste a don Manuel. Y aceptaste su mano, que te guió hacia la salida. Antes, miraste a Ramiro. Él logró devolverte una débil sonrisa y con un gesto te indicó que fueras, que pronto te seguiría.

—¡Eh! —dijo una señora—. Llevaos esto. Os puede hacer falta.

Y señaló hacia el barreño lleno de agua que habían bajado entre varios por si la noche se alargaba. Yo, sin esperar que nadie me lo ordenara, cargué con él y fui detrás de vosotros. Otra señora, la dueña de la mercería, me encajó bajo el brazo un juego de sábanas que sacó de debajo del mostrador; y un chaval asustadizo, con la cara llena de granos, me dijo:

—Que no se ofenda la señora, pero yo, hasta que tuvimos que huir del pueblo, ayudaba a parir a las vacas. No sé si...

—Yo tampoco —le dije—. Pero toma, ayúdame con el barreño.

Nos asomamos a la calle. Arreciaba, o eso pensé, la lluvia de fuego; como si las bombas no quisieran permitirnos abandonar el refugio durante el resto de nuestras vidas. Pero salimos a la calle y entramos al portal.

El piso de don Manuel, museo de libros, sellos y conversaciones, estaba a oscuras y así lo dejamos. Temíamos encender la luz y delatarnos, pero tampoco podíamos movernos a ciegas. Tú entraste al vestidor a cambiarte. Ya tenías dolores.

—Tengo una idea —dije. Y subí escaleras arriba, abrí la puerta, tomé la linterna y volví al piso.

—¡Sí, señor! ¡Bien pensado! Veremos, pero ellos no nos verán... —alabó el anciano, encendiendo la linterna. Me emocioné al ver su luz, que iba a servir ahora para ayudar a que naciera tu hijo. Estabas ya en camisón, acostada en la cama. Y en ese momento todos los presentes caímos en la cuenta de que no teníamos ni idea de qué había que hacer.

Entonces aporrearon la puerta. Todos nos miramos. El chico asustadizo tenía tanto miedo que no me quedó opción. Fui a ver, abrí.

Ramiro entró como una exhalación y pasó al interior sin prestarme atención. Se dirigió a tu habitación. Le seguí.

—Constanza —dijo precipitadamente. No era el Ramiro derrotado de hacía un instante—. Parece que se está organizando la defensa. ¡Por fin! Me han llamado del ministerio —te agarró la mano—. No sé qué se podrá hacer, pero voy a ir.

Asentiste, le apretaste a tu vez la mano. Sin embargo, cuando salió corriendo vi el temor en tu expresión.

—¡Joaquín! —me llamaste, y fui estúpidamente feliz—. ¡Ve detrás! Por favor... —y ahora era a mí a quien apretabas la mano—, vigila que no le pase nada.

Yo también te la apreté.

—No le pasará nada. Te lo juro...

—¡Pues venga! ¡Ve!

Y salí en pos de Ramiro. Ya era noche cerrada.

En la calle, el coche negro aguardaba a unos metros. Si Ramiro subía a él, ¿cómo iba a seguirlo, sin saber hacia dónde iba? Sin embargo, el destino estaba allí, vigilante.

El hombre del abrigo de cuero negro descendió del coche y fue directamente hacia Ramiro. Yo observaba desde

117

el portal. No oía debido al cañoneo, pero entendí que la misión del hombre del abrigo había sido solo avisar a Ramiro y ahora abandonaba a toda prisa la ciudad. Discutieron acaloradamente. Se puso de manifiesto, otra vez, que ninguno de los dos sentía por el otro la menor simpatía personal. Al final, el hombre del abrigo negro subió al coche y se alejó. Ramiro permaneció un instante inmóvil en medio de la noche. Luego tomó aire y echó a correr.

Fui tras la figura solitaria. A veces se producían momentos de silencio inesperado, casi inverosímil entre las bombas, y entonces oía con claridad los pasos de Ramiro sobre el asfalto del Paseo del Prado. Madrid en llamas... Y aquella figura corría resuelta porque su hijo le daba el valor o la locura, tal vez una mezcla de ambos, que parecían necesarios para no salir huyendo hacia Valencia.

¿Dónde estaban todos? Madrid agonizaba sola. Ni un alma nos encontramos en aquel sombrío recorrido, antesala de nuestra muerte inminente. Porque yo, ¿cómo iba a identificarme cuando empezara la batalla? Me estremecí, y tuve miedo: no estaba en el bando de los asesinos, sino en el de la gente.

De pronto, al llegar al ministerio, surgió una sombra ante Ramiro. Me alarmé; vi que él, inicialmente, también se ponía en guardia. Pero el recién llegado era amigo, o al menos estaba de nuestro lado, y venía para lo mismo que Ramiro: para defender lo indefendible. Se estrecharon las manos, se abrazaron, entraron juntos al ministerio vacío, sin luz ni cristales en las ventanas, sin centinelas en la puerta. En ese edificio iba a organizarse la defensa de la ciudad.

Esperé un poco y entré. Nadie me impidió el paso. No había nadie para hacerlo.

Por los pasillos solitarios resonaron unas pisadas, pero eran ecos perdidos en laberintos invisibles. ¿Hacia dónde habían tirado? ¿Tan pronto te había fallado?

Nuevos pasos sonaron entonces a mi espalda. Me volví hacia la puerta, un hombre venía en dirección a mí. Ya eran tres las personas que iban a luchar por la ciudad.

—Chaval, ¿sabes dónde queda la biblioteca? —era un militar de uniforme, un hombre pequeño, con gafas. Reconocí las estrellas de teniente coronel.

—Han ido por allí —señalé hacia el interior oscuro—. Yo también me he perdido.

—¿Tú? —dijo un poco sorprendido, sin dejar de buscar una pista que le indicase el camino de la biblioteca—. ¿Tú quién eres?

—Vengo con Ramiro Cano.

—Ah, ya... Bueno, al menos él ha venido. ¿Por ahí, dices?

Y echó a andar pasillo adentro. Le seguí. Entre los dos buscamos la biblioteca, fui yo quien vio un cartel indicativo.

—Ahí —dije.

Sin perder tiempo, el teniente coronel se encaminó hacia allá.

—¿De dónde eres? —me preguntó por decir algo, al ver que seguía a su lado.

¿Qué debía decirle? ¿De dónde era yo? ¿Quién era? ¿Huérfano? ¿De Ávila? ¿De Burgos?

—Vivo en la glorieta de Atocha —contesté sin saber por qué.

Él asintió, creo que sonrió.

—Yo en Ríos Rosas.

Allí, ese día de noviembre, o se era de Madrid o no se era.

Llegamos a la biblioteca. El teniente coronel fue a entrar, yo me dispuse a esperar fuera. Se giró hacia mí y me ofreció la mano. La estreché.

—Suerte —dijo.

—Suerte... —me atreví a responder yo—, mi teniente coronel.

Se miró las estrellas en la manga.

—Me acaban de ascender —explicó—. Hace muy poco.

Y fue hacia la biblioteca. Cuando abrió la puerta, entreví una estancia escasamente iluminada y una gran mesa cuadrada cubierta de mapas desplegados. Alrededor, diez o doce hombres; algunos de uniforme, otros no. Ramiro estaba entre ellos. ¿Quiénes serían los demás? ¿Qué iban a hacer para detener la marea de muerte que se hallaba ante Madrid?

La puerta se cerró. Me senté en el pasillo a esperar, a ratos entré en alguna de las estancias para curiosear. También indiqué a otros rezagados el camino de la biblioteca. Dentro se oían voces airadas; a veces gritos, o silencio...

Recorrí el pasillo hasta el final, primero una vez, luego otra, y luego no sé cuántas más. Era largo, desangelado, con puertas cerradas a uno y otro lado. En un tablón de anuncios, saturado de notas sobre la guerra, destacaba un mensaje que nadie había quitado en esos meses: fechado en junio, recordaba a quienes quisieran acudir a la boda de Mario y Adela en Santander que debían depositar el dinero del viaje antes del martes. Reinaba la oscuridad a medias con el silencio, y el frío de noviembre impregnaba el aire. Yo soplaba con la boca en forma de «o», y de mi boca salía una columna de vaho. El pasillo parecía desvalido y lo estaba. Como Madrid, que pasaba la noche desnuda y con los nervios destrozados por los cañonazos esporádicos, verdaderos caprichos de conquistador sádico; venían a recordarnos que al amanecer empezaría el infierno.

¿Qué estarían haciendo los hombres de la biblioteca? Cuando no tienes nada, nada puedes perder. ¿Por qué, entonces, no intentar lo imposible?

La puerta se abrió de repente. Me sobresalté. Del interior salió un hombre masajeándose las sienes; parecía buscar un momento de descanso. Instintivamente, me refugié en la parte más sombría de la oscuridad. El hombre cerró tras de sí; pero durante el segundo en que la puerta estuvo abierta, asomó, como si fuera la boca de un gigante, el rumor de voces que discutían.

El hombre dio unos pasos por el pasillo, echando los hombros hacia atrás y haciendo molinillos con los brazos para relajar los músculos. Era uno de los rezagados. Seguía llevando puesto su grueso chaquetón de cuero, característico de los milicianos; ese detalle me sobrecogió inesperadamente. Evidenciaba la fragilidad de la situación. En la sala de reunión hacía frío, los presentes ni siquiera habían podido desprenderse de los abrigos. ¿Cómo iban a defender Madrid, si ni siquiera podían defenderse de la noche de noviembre?

El miliciano encendió un cigarrillo ante el tablón de anuncios. Fumaba y rotaba el cuello a un lado y a otro. Parecía meditar; tal vez soñaba que no estaba allí, sino en Santander, en la boda de Mario y Adela, en ese día de junio tan lejano, antes de la guerra.

Se elevó otra vez la algarabía de voces; la puerta se había abierto. El miliciano se volvió hacia ella, igual que yo. En el umbral había otro hombre, el teniente coronel con quien yo había cruzado cuatro palabras al llegar. Dio dos pasos hacia el miliciano y se plantó ante él.

—Me gustaría hablarle a solas —le dijo.

El miliciano fumó y esperó, con una sonrisa remotamente amistosa, o al menos no hostil. Su silencio invitaba al otro a continuar.

—Necesito saber si puedo confiar en usted o no.

La sonrisa se congeló en la cara del miliciano. Pareció ofendido. Pero respondió de buenas maneras, como si quisiera jugar en el terreno del sereno militar, con sus mismas cartas.

—Qué curioso... Lo mismo que necesito yo saber sobre usted. Soy comunista y tengo a mi mando un pequeño ejército de milicianos comunistas. Ellos, igual que yo,

121

desprecian su uniforme, y al ejército que representa; y también al Dios en el que usted cree. La mayoría de ustedes, los militares profesionales, o son fascistas o se han puesto del lado de los fascistas, que para el caso es lo mismo. Traidores a la República. ¿O no?

El teniente coronel lanzó un suspiro de impaciencia:

—Casi con toda seguridad, mañana a esta hora usted y yo estaremos muertos, Líster. ¿Quiere que actuemos para evitarlo, o prefiere discutir sobre lo que son o no son mis compañeros de armas?

—Ya le he dicho a Miaja ahí dentro, y usted estaba delante, que pondré a mis hombres bajo sus órdenes, y por tanto también bajo las suyas —dijo, señalando a su interlocutor—. Solo el mando único puede salvar Madrid, en eso estoy totalmente de acuerdo. Pero acláreme una cosa. Usted, militar de carrera; usted, católico practicante sin ideología política; usted, con más simpatías personales por la derecha que por la izquierda... ¿Por qué usted, teniente coronel Vicente Rojo, no ha traicionado a la República? ¿Quién me dice que todo esto no es una pantomima para rendir la ciudad al amanecer, sin lucha?

—¿Se considera un hombre de palabra? ¿Sabe lo que significa, de verdad, ser un hombre de palabra?

—¡Me ofende, Rojo!

—¡No más que usted a mí! ¿Es un hombre de palabra? ¿Sí o no?

Los dos se midieron con la mirada. El miliciano, por un instante, pareció a punto de sucumbir a un ataque de furia. ¿Alguna vez, antes de la guerra, pudo entrever que tendría que confiar su vida a un militar profesional? Su respuesta fue un susurro firme:

—Sí. Soy un hombre de palabra.

—Entonces —continuó el militar llamado Rojo—, podrá entenderme. Voy a defender Madrid, y la voy a defender con todo lo que tengo, mi inteligencia y mis conocimientos, y también mi corazón, por una razón muy simple: al acceder al mando, comprometí mi palabra de lealtad con la República.

—También Franco, y Mola, y Varela, con sus legionarios y sus asesinos moros de ahí fuera —saltó Líster.

—Cierto. Y es por tanto evidente —respondió sin alterarse el teniente coronel Rojo— que no son hombres de palabra, como nos preciamos de serlo usted y yo. Y volviendo al principio, ya que el tiempo es vital. ¿Puedo confiar en usted? ¿Sí o no?

Rojo extendió la mano hacia Líster. El miliciano dudó un instante y finalmente la estrechó.

—Puede confiar en mí. Yo confiaré en usted y aceptaré su mando. Tiene mi palabra.

—¿Bajo el mando único de Miaja, sin discusión?

—Bajo el mando único de Miaja, sin discusión.

—Entonces, empiece inmediatamente. Quiero que hable con sus oficiales, que les convenza. Y que ellos hablen a la vez con sus suboficiales y que estos hablen con sus soldados. Y que estos, luego, hablen esta noche en sus casas con sus mujeres y con sus amigos y con sus vecinos para que ellos también lleven la voz.

—¿La voz? —interrumpió, receloso e incrédulo, el miliciano— ¿Qué voz? ¿De verdad cree que Madrid puede salvarse?

—Franco tiene medios para tomar una ciudad abierta. Pero ante una defensa efectiva necesitaría fuerzas muy superiores. Esa es la clave: defensa efectiva. Y para ello en necesaria, ¡imprescindible!, la gente de Madrid. ¡Todos, Líster, toda la gente junta! Madrid lleva meses dormida. Hay que despertarla. Con el miedo, si es necesario. Decirles que, si Madrid cae, Franco pagará a sus moros dándoles manos libres. Como en Badajoz, como en Toledo. Habrá asesinatos y violaciones. Cientos, miles. Nadie estará a salvo. Ni nuestros hogares, ni nuestras familias, ni nuestros hijos, ni nuestras hijas. Hay que hacérselo comprender a la gente, Líster. Madrid, aparte de su pobre ejército, solo tiene a su gente. Y ahora, volvamos dentro.

Los dos hombres regresaron a la reunión. El militar abrió la puerta y cedió el paso al otro. Alguien gritaba dentro: «¿Y si no es así? ¿Y si atacan más abajo? ¿Entonces, qué?».

—La gente de Madrid —repitió Rojo, como si así diera respuesta también a esa pregunta que dentro de la sala había quedado en el aire, sin respuesta—. Solo la gente de Madrid...

Y entraron. El pasillo quedó otra vez a solas, aunque ahora el silencio era relativo: me parecía que flotaba en él la conversación y en especial una de las frases de Rojo.

«Comprometí mi palabra de lealtad con la República».

Ese hombre de aspecto gris, con gafas, cuya estampa distaba tanto de la de los gallardos militares que habían ganado en África la fama de héroes legendarios, iba a apostar su vida por la palabra dada... Traté de asimilarlo, de hallar paralelismos con mi propia actuación. Había dado mi palabra de lealtad a Cortés, aunque no fuera de forma explícita. Pero Cortés, a su vez, ¿no la habría dado previamente a la República? Entonces mi capitán era, ni más ni menos, un traidor, un hombre sin honor... Y yo le servía... Confundido, no logré sacar conclusiones definitivas, aunque naturalmente me negaba a aceptar la vileza de Cortés. Y enfrente, la convicción del otro... Luego, con el paso de los años, habría de saber que Vicente Rojo fue para muchos el militar más brillante de la guerra civil española.

Cuando se abrió la puerta y salieron los asistentes a la reunión, todos apresurados y resueltos hacia sus respectivos puestos, corrí hacia la entrada principal para que Ramiro no me descubriera, y luego esperé en el frío, apostado tras un camión, a que se despidiese de sus compañeros e iniciara el regreso hacia Atocha.

Dio grandes zancadas para ahuyentar el frío, pero también porque tiraba de él la prisa por llegar a casa.

Subió las escaleras de tres en tres. La dramática reunión del ministerio había sido para él especialmente dura por la incertidumbre sobre tu estado, sobre el estado de vuestro hijo.

Me esforzaba por seguir su ritmo, pero en el último tramo aceleró tanto que casi lo perdí. Cuando llegué ante la puerta del segundo piso y traté, con los pulmones en la boca, de recuperar el resuello, Ramiro ya salía otra vez como una exhalación, ahora escaleras arriba, con el rostro desencajado, hacia su casa. Tras él, muy despacio, surgió don Manuel.

Me miró, parado bajo el umbral.

—Están bien. Constanza... y la niña —y no pudo evitar sonreír enigmáticamente.

Imposible catalogar qué pasaba por su cabeza. ¿Incertidumbre por el futuro? ¿O más bien admiración por la vida imparable, que se abre paso donde sea y como sea? Emitía una serenidad nítida, casi palpable, que le permitía no escuchar los cañones, despreciarlos, ser impermeable a su lluvia de fuego. Detrás de él apareció el chico asustadizo. Le enrojecía los ojos una emoción de plenitud orgullosa.

—Pepe se ha portado estupendamente —le pasó un brazo don Manuel sobre el hombro—. Sin él no sé cómo habría salido todo... Anda, Joaquín. Ve a ver a la niña. Están en la buhardilla. Ya sabes lo tozuda que es Constanza. Le he dicho que tenía que quedarse en la cama, pero quería que la niña viera el cielo de Madrid antes de... antes de mañana.

Al subir, pasé ante la puerta del tercero, la de tu casa. Estaba abierta, y pensé lo raro que es el ser humano. Madrid entera iba a ser pasada a cuchillo, lo natural era atrincherarse en las casas, precariamente a salvo. Pero allí, en nuestra escalera, las puertas estaban abiertas. Tu hija nos daba alegría, y la alegría, fuerza, y la fuerza, inmunidad contra las bombas.

También en el ático, o sobre todo en el ático. Explotaban bombas cercanas, pero yo caminaba erguido, valiente. Simplemente, no quería acercarme a tu hija agachado, vencido por el miedo. Me asomé con sigilo. Quería verte, veros, pero también era consciente de que ese momento era tuyo y de Ramiro.

Estabais bajo la ventana desde la que yo me había aupado al tejado de la traición. Y parecíais, en efecto, a salvo de las bombas; o más poderosos que ellas, pues coincidió que en ese momento paró el fuego; tuve la sensación de que habías ordenado al cielo de Madrid que enmudeciera un instante, y te había obedecido.

También vosotros callabais, mirando con embeleso a la niña. Llegué cuando, tras el primer deslumbramiento mudo, conmovido, de Ramiro, tú le entregaste el cuerpecillo infantil.

—Constanza... —dijo él a la pequeña; teníais decidido, en alguna ocasión lo habías comentado, que si nacía niño se llamaría como su padre, y si era niña como tú. Ramiro dijo algo inaudible al oído de la niña y luego se dirigió a ti—. Tienes que bajar, aquí puedes coger frío.

—Hagamos algo, Ramiro —le interrumpiste cuando ya te había devuelto a vuestra hija y te tomaba de la mano para que salierais—. Una promesa.

—¿Una promesa?

—Por la niña. Prometamos que siempre estaremos con ella. Promete que siempre estará a salvo.

Ramiro dudó. Su carácter realista le impedía el optimismo, pero percibía tu fragilidad, tu necesidad de creer.

—Siempre estaremos con ella —dijo con toda la firmeza de que fue capaz—. Siempre estará a salvo. Lo prometo.

Asentiste. Pero no estabas satisfecha.

—Saca tu pistola —ordenaste.

Ramiro, tan perplejo como yo, desenfundó su arma y la tomó por el cañón, ofreciéndote la culata.

—Dame una bala —pediste ahora.

Ramiro sacó el cargador, y de él una bala que te entregó. Miraste a un lado y a otro, buscando algo. Tu marido y yo nos preguntábamos con la misma intriga qué sería. Te acercaste a la ventana y, usando la bala a modo de lápiz, te pusiste a raspar en la pared.

—Vamos a escribir aquí nuestra promesa —dijiste, ya con la resolución de siempre—. Primero su nombre: Constanza.

Te mirábamos escribir sobre el yeso. Emocionados por tu afán maternal, tristes porque era una promesa imposible de cumplir.

—Ahora —dijiste, sin dejar de raspar— la fecha, seis de noviembre...

—Siete —te interrumpió cariñosamente Ramiro—. Son las tres de la madrugada. Ya es día siete.

Raspaste la fecha errónea y escribiste la correcta.

—Y ahora, la promesa...

Pero en ese instante empezó otra vez el cañoneo. Todos nos tensamos. Esa era la intención, quebrar la resistencia nerviosa de los habitantes de la ciudad, no conceder a los desfondados defensores ni un segundo de paz. Ramiro, como si hubiera interpretado que la tregua que mágicamente os había mantenido a salvo había finalizado, te sacó de la buhardilla tras poner un beso en tu frente.

—Mañana escribiremos lo que quieras. Venga, vamos... —empezaba a decirte cuando me visteis. Tu sonrisa se iluminó y miraste a tu hija como invitándome a mirarla. Ramiro me sonrió también.

—Mira, Joaquín. Nuestra hija. La segunda Constanza. Cógela...

Y la alargaste hacia mí. Tu hija. Mirarla fue un vértigo, un sentimiento nuevo adquirido de golpe y sin remedio;

para siempre, como una enfermedad que no tuviera cura. La segunda Constanza...

—Dejo en buenas manos a mis dos mujeres —me dijo Ramiro, y sentí una mezcla de vergüenza y orgullo—. Pero ahora...

Todos sabíamos lo que nos esperaba, lo que se precipitaba ya. Tal vez este bombardeo no era para quebrar estados de ánimo, sino para marcar el comienzo del ataque. Ramiro no podía permitirse permanecer ausente de su deber, y lo sabía. Aunque a la vez deseara con todas sus fuerzas quedarse. Os abrazasteis, tan intensa, breve y desesperadamente que volví la vista con pudor, un poco sonrojado.

Lo que vosotros tuvisteis en aquel instante yo no he logrado alcanzarlo nunca. Pero lo he buscado con afán y honestidad; y eso, al menos, hace digna mi fracasada vida de soledad.

Sonó un cañonazo distinto. ¿Por qué lo supe? ¿Cómo, a esas alturas, podía una explosión venir cargada de matices nuevos? Lo ignoro. Pero lo supe, aunque admito que tal vez lo inventara, sugestionado por los dramáticos momentos. Y también lo supisteis vosotros, porque Ramiro se separó de ti y se apresuró a partir.

Las fuerzas de Varela comenzaban el asalto a Madrid. La muerte venía a llevarse cuanto pudiera.

Antes de bajar, me quedé un instante a solas bajo la ventana. A pesar de todo, qué fascinante espectáculo constituía la ciudad bajo el fuego. El miedo me desasosegó, aunque fuera un miedo esperanzado en mi caso: si lograba pasarme a las líneas enemigas, si lograba identificarme ante moros y legionarios, estaría a salvo. Añado en mi favor que en aquel instante surgió de mi corazón, espontáneamente, un vértigo de solidaridad. Yo tenía una esperanza de salvación, mínima y puede que inalcanzable. Por el contrario, muchos miles de madrileños sabían con certeza que iban a morir. ¡Y cómo! Los mercenarios moros de Varela no tenían ideología, sino carta blanca para matar, saquear y violar una vez hubiesen tomado la ciudad. Eso repetía Ramiro, aterrado por ti, durante las cada vez más angustiosas cenas en casa. Yo pensaba en Cortés, en su nobleza y caballerosidad, y ponía en duda esas palabras. Y allí, bajo la ventana, mientras pensaba en mi salvación, también, como Ramiro, me angustié por ti. Y por tu hija, tan paupérrimamente amparada por las letras que habías trazado sobre la pared. *Constanza, 7/11/36:* oración, esperanza y promesa; tres cosas inútiles ante la ferocidad de los guerreros africanos y los aviadores nazis.

Una mano se apoyó en mi hombro. A pesar del espesor del chaquetón, reconocí tus dedos.

—Joaquín...

No me volví, demoré la respuesta... Cuando me girase, sabía que apartarías la mano, y quería disfrutar de ese contacto, de ese instante único y último, solos tú y yo.

—Joaquín... —repetiste.

Y me volví. Y te miré. Y vi en tus ojos, mientras sostenías a la niña, que querías llorar, pero también que la angustia te daba fuerzas para sobreponerte a las lágrimas o para aplazarlas.

—Quiero pedirte algo.

Qué ingenuo y qué imprevisible es el corazón humano; también, a veces, qué hermoso. Allí estábamos, a punto de morir, y a mí me llenó de plenitud que desearas pedirme algo. Me habría gustado llorar de felicidad, aunque imité tu ejemplo de fortaleza.

—¿Qué?

—Ve otra vez tras él. Que no le pase nada —y entonces sí te venció un acceso de lágrimas. Vi tu terror a que Ramiro muriera; tan grande que te llevaba a pedirme algo imposible, absurdo. ¡Cómo yo iba a impedir que le pasara

129

algo, si todos íbamos a estar muertos en cuestión de horas! Pero el corazón humano...

Te apreté las manos. Pasé mis dedos por tu rostro, te sequé las lágrimas. La niña dormía en silencio. Por un instante, me permití creer que éramos una familia, y que Madrid, libre y feliz, era la ciudad en la que transcurriría nuestro futuro juntos.

—Te juro que no le pasará nada —te dije, con toda mi resolución. Y tú, tal vez porque sabías que te acababa de prometer lo imposible, sonreíste y me apretaste la mano.

Con ese tacto adherido a la piel por toda coraza y arma, salí a la calle para proteger a Ramiro.

Corrí hacia el ministerio, donde sabía que debía acudir él en primer término. Madrid dormía despierta. Era de noche y a la vez parecía haber amanecido. A pesar del cañoneo y de las bombas de la aviación, se topaba uno de pronto con lagos de silencio entre las llamas. En uno de ellos oí pasos detrás de mí, y me volví.

Pepe, el chaval asustadizo, me seguía con los ojos muy abiertos.

—¿Qué quieres? —le dije—. ¿No ves que te pueden matar?

—¡Por eso voy contigo! Porque no quiero que me maten.

—¿Y adónde vas?

—No lo sé. Contigo. A donde vayas. ¿Tú adónde vas?

—Tampoco lo sé. Pero ven.

Y fuimos los dos corriendo.

A los pocos segundos nos cruzamos con un hombre de mediana edad que también corría, aunque en dirección contraria. Llevaba el abrigo abotonado hasta el cuello y la boina calada, y aferraba una escopeta de caza en la mano derecha. Del bolsillo del abrigo le asomaba, envuelta en papel de periódico, lo que parecía una barra de pan. Alguien le había preparado un bocadillo para la guerra. ¿Su

Constanza? Sin dejar de correr, volvimos la cabeza para mirarnos. ¿Vería en mí tanto miedo como veía yo en él?

Pepe y yo nos apresurábamos por la ciudad vacía que parecía nuestra. De pronto, un camión estuvo a punto de arrollarnos. Surgió tras una esquina, cargado de madrileños armados que nos animaron a ir con ellos. Pero yo tenía que velar por Ramiro, y Pepe no quería separarse de mí. Seguimos juntos. Y cada vez, a cada paso, gente; cada vez más, inesperadamente mucha. Desorganizada pero resuelta. Perdida, pero con razones sagradas para no dejarse matar. La gente me daba ánimos sin saberlo, y pronto caí en la cuenta de que yo, con mi presencia, también debía de dárselos a ellos. En ese momento no importaba que mi bando fuera otro, o que no tuviera bando. Mi bando eras tú. Y todos aquellos hombres y mujeres a los que su gobierno había abandonado a la deriva tenían sus propias Constanzas. Esos eran sus bandos respectivos, por los cuales dejaron repentinamente, dejamos todos, de sentirnos solos en el caos. Un grupo de milicianos discutían en Cibeles. Unos querían ir hacia la Ciudad Universitaria, otros para el Puente de Toledo; y de entre los primeros, algunos insistían en defender el Puente de los Franceses y los demás consideraban más inteligente esperar a los fascistas en la Plaza de España. Un camión militar se detuvo junto a ellos. Se apeó un oficial que les ordenó ponerse bajo su mando. Los milicianos, inicialmente, se negaron; incluso uno de ellos propuso fusilar al oficial. Pero otro dijo «¡Recordad lo que ordenó Líster!», y por fin aceptaron ir con el oficial y acatar sus órdenes.

Pensé en la entrevista entre Rojo y Líster, en la orden del primero al segundo, en aquella apuesta de inteligencia en medio del caos: «Mando único, Líster. Mando único». Y, de pronto, comprendí cuál era la gran fuerza de Madrid, aparte de su gente. No sus cañones y aviones, ni sus ametralladoras, ni siquiera las ideas o la sangre de sus defensores. Aparte de la gente, la gran fuerza de Madrid era aquel militar leal, y otros como él, con su palabra de honor y su convicción de que lo imposible era razonablemente posible.

El caos quiso que Ramiro no se hallase ya en el ministerio cuando llegué. Me sentí estúpido y cobarde, traidor a ti, pero la cosa no tenía remedio. Había tenido que desplazarse al aeródromo para supervisar, a pie de pista, las maniobras de los aviones bajo su mando. Había aviones nuevos, era cierto, él mismo lo había comentado en la casa. Y a mí no se me había pasado por la cabeza comunicárselo a Cortés. ¿Traicionaba, pues, su causa? ¿Lo mismo que antes había traicionado la de Ramiro? Lo cierto era que solo me importabas tú, tu felicidad y tu paz. Y tu salvación y tu paz dependían de la salvación y la paz de Madrid. Por eso luché. Por eso, sin otra ideología que tú, hice mío el «¡No pasarán!» que cada vez sonaba en más bocas.

La Historia cuenta las derrotas o las victorias, pero es incapaz de ponerse en la piel y el corazón de un soldado aislado, individual, que corre fusil en mano sin saber hacia dónde; que solo ve fuego y oye explosiones; que no tiene más amigo que el soldado que corre junto a él, y de pronto cae muerto, sin otra orden que obedecer que la de los latidos del corazón aterrado en el pecho.

Y la Historia, también, enumera los nombres de lugares gloriosos donde se han ganado o perdido batallas: en Madrid, los nombres del Puente de los Franceses, Hospital Clínico, Casa de Campo, Puentes de Segovia y Toledo... Pero el soldado solo ve el muro derruido, la esquina de piedra o el campo abierto por el que aparecerá, solitario como él, el enemigo armado. Yo, sin fusil siquiera, era el centro de la batalla. Sentía que cada explosión y cada bala iba contra mí, que todo y todos querían matarme. Y

Madrid entero sentía lo mismo, cada uno de los madrileños que se hallaba en la calle, luchando a veces con las manos, se sabía ese mismo centro. Todo era caos, pero sobre el caos, de pronto, fue imponiéndose un rumor que se volvía más eufórico a medida que pasaban los minutos: «¡No pasan! ¡No han pasado!». ¿Era posible? Las nueve, las diez de la mañana, la una o las dos del mediodía... A cualquiera de esas horas podría haberse visto superada la defensa organizada por Rojo; a cualquiera de ellas tendría que haber caído la ciudad, y empezado la matanza, y llegado el momento de la revancha y la victoria. Sin embargo, Madrid resistía, y los minutos encaminaban sus pasos hacia la ansiada tarde que a su vez traería la noche, en cuya oscuridad ya no sería posible continuar el ataque, y los asaltantes habrían de volver a sus posiciones y admitir que ese siete de noviembre, que debería haber pasado a la Historia como el de la caída de Madrid, iba a permanecer como el día memorable de la invencible ciudad de la gente.

Unos Junkers alemanes bombardeaban las calles del centro. Irracionalmente, los pilotos consideraban que cada casa era un frente hostil y cada uno de sus habitantes un enemigo peligroso: bebés armados de cuchillos, ancianas feroces. Por eso escupían las bombas con rabia, y por eso las bombas, tras explotar, rebotaban y azuzaban el odio de las víctimas y la fortaleza de los defensores. Se veía la cólera y la impotencia escritas en los rostros que a pesar del peligro asomaban por las ventanas para maldecir a los asesinos del cielo, o dispararles, inútilmente, con sus viejos fusiles. Era media mañana, y yo había decidido regresar a tu lado. Ya que no podía velar por Ramiro, velaría por ti.

Pero llegando a la glorieta de Atocha, un Junker que surcaba el aire se convirtió de repente en una bola de fuego. El espectáculo, grandioso y terrible, atrapó todas las miradas. ¿Qué había ocurrido?

Miré hacia el cielo, como todos los demás.

Había oído hablar a Ramiro de unos nuevos aviones rusos recién llegados para ayudar a la República. La gente los conocía como «chatos» porque apenas tenían morro. Yo los vi volar por primera vez aquella mañana.

Los madrileños, y yo con ellos, dejaron toda actividad, incluida la guerra, para contemplar los aviones sobre nuestras cabezas. Se enseñorearon del cielo de la ciudad, orgullosos de que los contempláramos. Y cuando los Junkers, más torpes, no tuvieron otra opción que la fuga, las calles estallaron en un grito de júbilo. En una batalla no hay términos medios para nada. Se pasa del desánimo más absoluto a la alegría en estado puro, enfervorizada. En ese momento, gracias a los «chatos», nos había tocado lo segundo.

Iba a subir a la casa para compartir la alegría contigo cuando otra flecha distinta cruzó el aire. Un único avión franquista, veloz y decidido, que reconocí con un estremecimiento porque había volado en él, a bordo de aquella misma cabina. El avión de Cortés. ¿Adónde se dirigía? ¿Cómo se había aventurado solo en el corazón del cielo enemigo? No obstante, era él, no había duda. El capitán Cortés, sobre la glorieta de Atocha.

Uno de los «chatos» abandonó la formación y fue hacia él. «¿Sabías que en las guerras los teléfonos, a veces, siguen funcionando?», me había dicho Cortés cuando me explicó cómo se citaron Ramiro y él en aquel campo de Ávila. ¿Cuándo habían acordado los dos antiguos amigos este nuevo encuentro?, me pregunté al suponer que era Ramiro quien pilotaba el «chato». ¿Importaba? El hecho es que ahí estaban, volando ambos sobre Atocha, retándose mutuamente antes de atacarse. Era su duelo, ajeno a la batalla, con sus reglas y ritmo propios. No tenían prisa por empezar el fuego cruzado de las ametralladoras. Tal vez, pensé, se observaban mutuamente, rememorando los buenos tiempos juntos, antes de comenzar a disparar.

Sentí miedo por ti. Deseé que te hallaras en cama, a resguardo en el piso de don Manuel, ajena a esta lucha singular en la que se decidía tu felicidad futura y la de tu hija. Corrí para cruzar la plaza y estar a tu lado. Y entonces te vi: irresponsablemente asomada a la ventana de la buhardilla, con la vista fija en el cielo sobre cuyo fondo luminoso habías reconocido, igual que yo, a los dos contendientes. Corrí entre gente con la vista vuelta hacia el cielo, sorteando la masa hipnotizada; subí las escaleras todo lo deprisa que pude y entré en la buhardilla. Te giraste para ver quién llegaba con tanto ruido y, al reconocerme, volviste a mirar hacia el cielo. Me acerqué a ti con la idea de ponerte a cubierto, pero cuando me asomé, supe que no podría apartarte de allí, que tampoco yo podría resistirme a mirar. El fuego de ametralladoras entre los dos aviones había comenzado. ¿Me imaginé el silencio en la ciudad expectante, o era real? Abajo, en la calle, los rostros contenían la respiración mirando al cielo, y tuve la sensación de que disminuían los cañonazos. Tal vez algunos jefes de batería habían ordenado una pausa para contemplar, prismáticos en mano, el espectáculo de los aviones buscándose la yugular. Yo los veía evolucionar, tan veloces y arriesgados en sus maniobras que se diría que los manejaban locos, o alguien que pilotaba por primera vez, y no los dos mejores aviadores de la guerra. Aterrada, me cogiste la mano, buscaste que te rodeara con los brazos. Temías por Ramiro, pero ese miedo, al traducirse en nuestro abrazo, me permitía soñar que me amabas a mí. Deseé que el duelo del cielo no tuviera ganador, ni concluyera jamás.

El mejor momento de la vida de una persona, de cualquier persona, se antoja, por fuerza, patéticamente corto. ¿Quién no lo duplicaría, multiplicaría, alargaría hasta el infinito? Mi momento abrazado a ti me habría parecido breve aunque hubiese durado siempre, ¿cómo no iba a parecérmelo si finalizó de repente, cuando los dos vimos que la cola de uno de los aviones empezaba a arder? Ramiro había sido alcanzado. Con un grito te apartaste de mí. En ese instante solo me importó eso: que ya no tuve tu contacto.

El «chato» escupía humo negro en picado hacia el suelo, sin control, a velocidad tal que pareció imposible que el piloto lograra de pronto enderezar la dirección, otra vez hacia arriba, como el último esfuerzo de un animal herido de muerte. Ya no buscaba al enemigo; solo alejarse, aunque tampoco se trataba de una huida. Yo sabía a dónde iba Ramiro. Le había escuchado a él, y también a Cortés, que un piloto que cae con su avión debe alejarse de los lugares habitados para no causar víctimas, y tú y yo supimos que por eso se alejaba. Cortés también lo supo. Otra regla de los pilotos, esta para tiempos de guerra, dice que es preciso derribar al enemigo alcanzado que huye, a fin de que no pueda rehacerse y volver a atacar. Pero Cortés no persiguió a Ramiro. Se elevó, tomó la dirección opuesta y se alejó. Advertí en ello un atisbo de esperanza. Cortés, aun en medio de la vorágine, seguía respetando al adversario desvalido.

Ramiro pilotó como pudo, y salió de nuestro campo de visión sin haber llegado a caer.

Eso llenó de esperanza tu rostro y te devolvió la firmeza habitual.

—¡Va hacia la pista! ¡Intentará aterrizar! ¡Voy allí!

Te agarré por la muñeca.

—No —te dije, todo lo cariñosamente que pude; sabía de aviones más que tú. Era muy improbable que Ramiro lo consiguiera—. Estás muy débil. Si a Ramiro le pasa algo... —y llevé tu mano hacia la inscripción en la pared, para que la rozaras con los dedos—. Debes quedarte. Iré yo.

No te di opción. Te acompañé abajo, a casa de don

Manuel, que se había quedado cuidando de la pequeña y, a juzgar por su expresión, también había sido testigo del combate. Te abrazó; te ayudó a entrar, aturdida y rota, al interior de la casa y cerró la puerta.

Salí en busca del hombre que amabas. Mientras bajaba las escaleras, era firme mi propósito de encontrarlo a toda costa, a pesar de que casi con toda seguridad se habría estrellado y estaría muerto. Pero, cuando salí a la calle, la realidad me apabulló. ¿Cómo buscarlo en medio del caos? ¿Por dónde empezar? Era probable que, de haber alguna información, llegara hasta la Junta de Defensa, donde ya había estado y por tanto me dejarían entrar, así que hacia allí volví a encaminarme.

Dos aviones enemigos ametrallaron el Paseo del Prado, a la altura del museo. Salté a un lado en busca de refugio. Me parapeté bajo la estatua de Velázquez, donde se encontraba también un hombre mayor, extrañamente sonriente, ataviado con una casaca azul con charreteras que parecía sacada de un ropero de teatro. Cuando los aviones, tras su segunda pasada, pusieron rumbo hacia el sur, abrió una gran navaja.

—¡Eh, chaval! ¿Tienes una de estas? ¡Con esto les podremos! ¡Bonaparte morirá en Madrid, ya lo verás!

La locura da más miedo que las bombas. Me aparté del hombre, que mantenía su sonrisa, y eché a correr. Camino de Neptuno, su voz aún llegaba hasta mí:

—Acuérdate cuando seas viejo, chaval. ¡Cuéntales a todos que luchaste contra los franceses! ¡El dos de mayo, codo con codo con Daoíz y conmigo!

La ciudad aguardaba expectante las noticias de los diversos frentes. En el edificio de la Junta, todo el mundo estaba frenéticamente atareado en algo. Nadie me hizo caso y, por tanto, a nadie pude pedir noticias de cómo iba la lucha; pero algo intangible en el afán con que todos se aplicaban permitía suponer que Madrid, contra todo pro-

nóstico, seguía resistiendo. Me dijeron que había en el só-
tano una pequeña oficina habilitada para informar sobre
las víctimas, pero cuando entré se hallaba aún vacía. Ese
hecho me desasosegó extraordinariamente. La gente moría en las calles y en los frentes de lucha, pero era demasiado pronto para que pudiera hacer su trabajo quien iba
a censarlos. Era, aún, la hora de la incertidumbre. ¿Mi hijo
ha muerto? No se sabe. ¿Y mi esposa? No se sabe. ¿Y yo?
No se sabe.

—Joaquín —me llamó una voz en la oficina de los futuros muertos. Grité del susto: Pepe, con su pánico cróni-
co y sus ojos de pez—. Te he visto entrar y te he seguido.
¿Dónde te has metido? Me dejaste solo.

Abrí la boca para responder, pero me asaltó un cansancio repentino, insuperable.

—El avión de Ramiro ha caído y no sé dónde —resumí.

—He oído que un avión de los nuestros se ha estrellado.

—¿Dónde?

—Por el Puente de Toledo.

Me agarré a la perspectiva de llevarte una esperanza.
Salí corriendo. Pepe vino detrás de mí. Prefería el fuego y
las bombas, la idea de la muerte, antes que volver a quedarse solo.

Avanzamos a pecho descubierto, acostumbrados a los
incendios, a los cadáveres tirados en la calle, a las explosiones repentinas. Cuando ocurría, y ocurría a veces, durante brevísimos lapsos, que callaban los cañones, Pepe y
yo habríamos podido parecer dos chavales que jugaban
en una ciudad desierta, toda para nosotros.

Cuando uno ha vivido algo magnífico y trágico, la obsesión por ese hecho se le adhiere a la mente como una segunda piel. Yo, durante todos los años posteriores a aquel
día, hasta hoy mismo, he preservado una fascinación vo-
raz por todo cuanto se publicó referido a aquella batalla.
Leí las versiones manipuladas de la dictadura, y las enfer-

vorecidas, falsas en otro sentido o como mínimo incompletas, de la transición; también las mejores, las que escribieron historiadores extranjeros, normalmente ingleses, que diseccionaron nuestra guerra como un lagarto sobre la mesa de operaciones, sin amor ni odio hacia ninguna de las vísceras. Pero unas y otras son necesariamente diferentes a lo que yo viví, a lo que cada uno de los habitantes de Madrid vivió.

Pepe y yo fuimos los involuntarios protagonistas de un hecho que ayudó a decidir la batalla a favor del ejército republicano, solo que en su momento ni siquiera llegamos a sospecharlo.

Ocurrió junto al Puente de Toledo, uno de los puntos clave de la lucha. La tarde se hallaba ya avanzada. A mí me parecía aún por la mañana y, sin embargo, caía ya la oscuridad. Eran las siete, tal vez las ocho... Nadie, por supuesto, sabía nada de un avión caído, y a algunos les dejó estupefactos, o incluso les ofendió, que dijéramos estar buscando a un herido concreto, cuando allí había decenas, aparte de los muchos muertos. En ese punto, la lucha había sido salvaje y lo seguía siendo, nos explicó un miliciano más agotado que herido, que recostaba la espalda contra los restos de un muro derruido.

—Pero sí. Yo vi al «chato» estrellarse.

—¿Y el piloto? —le pregunté.

—Muerto. Todo explotó.

—¿Estás... estás seguro?

—¡Y tan seguro! Ese piloto, fuera quien fuera, me salvó la vida. A mí y a otros cuantos. Fue directo contra unos moros que nos tenían sitiados. Allí, en aquellas casas...

No tuve tiempo de mirar, ni siquiera de dedicarle a Ramiro el epitafio de un instante de silencio. En ese instante, irrumpió entre los cascotes, a dos metros de nosotros, un blindado enemigo. Supe después que era de fabricación italiana. Avanzaba ruidoso y sin rumbo, como una fiera acosada, y Pepe y yo corrimos despavoridos para ponernos a cubierto. Pero el blindado no disparaba la ametralladora ni el cañón. Podía estar averiado, tal vez perdido. El miliciano, sin incorporarse siquiera, pues intuía que en el interior del carro no se habían percatado de su presencia, deslizó un cinturón de granadas bajo la tripa metálica del carro. Calculó mal, porque la explosión que se produjo a los pocos segundos lo mató en el acto. Pero también reventó al blindado. Sus paredes metálicas sufrieron una brutal sacudida desde el interior, y el carro humeante avanzó unos metros más, por la inercia del motor, y luego se detuvo. Pepe y yo nos quedamos quietos, expectantes. Fue uno de esos instantes de repentino silencio absoluto, gracias al cual se oyó con mayor nitidez el ruido de la portezuela superior al abrirse. Alguien la había empujado desde dentro y pugnaba por salir al exterior. Vimos primero una mano armada de una pistola. La otra mano se apoyó en el borde para tomar impulso hacia fuera. Surgió primero la cabeza, y luego el tronco de un oficial español que antes de saltar afuera recogió algo del interior, una cartera de cuero marrón. Miró a un lado y a otro, con la pistola lista. No nos descubrió, y se decidió a salir. Parecía el único superviviente. Sacó la pierna derecha y, entonces, al forzar el gesto, algo lo detuvo en el aire, y se le contrajo el rostro en un rictus de dolor. Miró hacia abajo, incrédulo. Tenía en el vientre una gran mancha de sangre roja y densa que manaba sin parar. Creo que los tres comprendimos a la vez que iba a morir. En voz baja, apenas audible, soltó un grito, de sorpresa, o de repugnancia por su propia sangre, y murió en esa postura, mientras trataba de abandonar el tanque. Parecía la estatua de un hombre con la boca abierta y la pistola lista. Todo en él era estático, excepto la sangre que seguía fluyendo de su cuerpo muerto.

140

Pepe se levantó.

—¡Adónde vas, estás loco! —le dije, agarrándolo por la manga.

—Esa cartera que lleva.

—¿Qué le pasa a su cartera?

—¿No ves cómo la agarraba? Debe ser muy importante. Hay que cogerla.

Y salió del refugio. Su determinación me hizo reaccionar, admití que tenía razón y fui a ayudarle cuando se encontraba ya tirando de la cartera. Entonces explotó todo entre fuego, ruido y humo. Salté hacia atrás contra mi voluntad, empujado por la onda expansiva, y con la horrenda sensación de que la fuerza me arrancaba los ojos. Pero pude abrirlos y ver, cuando la humareda negra comenzó a desvanecerse.

Pepe yacía a tres metros de mí, paralizado por la muerte en grotesca postura desmadejada. Sostenía contra su pecho la cartera de cuero que le había costado la vida. Se la arranqué de las manos crispadas todo lo cariñosamente que pude, me senté a su lado. ¿Debía algo a este chaval que había llegado huyendo de su pueblo para morir a mi lado? Había ayudado a que naciera tu hija, había dado su vida por una maleta de cuero. ¿Podría haberlo imaginado unos meses antes, cuando cuidaba tranquilamente de sus vacas y sus terneros? No habíamos llegado a ser amigos, nada sabíamos el uno del otro. Pero nos hicimos hombres juntos, aquel siete de noviembre en que él murió. Le apreté la mano cariñosamente. Aún estaba caliente.

Abrí la cartera de cuero, imaginando que la abríamos los dos. Deseé que no contuviera nada de valor, porque así no tendría que enfrentarme a ningún dilema moral. Pero el puñado de hojas sujetas por una gruesa goma decían en su primera página: «Confidencial. Estado Mayor del general Varela».

Pepe, desde su muerte, me pedía que entregara los documentos a Rojo. También Ramiro; Cortés, en cambio, me instaba a destruirlos allí mismo, a no cometer el disparate de entregarlos... Ambas fuerzas pugnaban dentro de mí. Pero tú y tu hija estabais vivas, y no me quedó otra opción. Me quité el chaquetón y cubrí el cuerpo de Pepe. Sentí mucho frío, pero me pareció que él lo necesitaba más.

Era de noche cuando atravesé, de nuevo, las puertas de la Junta de Defensa. Miaja y Rojo estaban reunidos con los demás jefes, pero el oficial que guardaba la entrada irrumpió en su reunión apenas comprendió la magnitud, al menos aparente, del contenido de la cartera que le entregué.

Apenas cerró por dentro, me tumbé en el suelo y me quedé dormido. Cinco minutos de sueño, me dije, antes de ir a contarte que Ramiro había muerto... Solo cinco minutos... Pero mis ojos se cerraron, y dormí durante horas.

A la mañana siguiente, como todos los madrileños, supe que Varela se había estrellado contra la defensa de Rojo. Pensé que tal vez la cartera no era, al fin y al cabo, tan importante. Hubieron de transcurrir años, décadas... Ya te he dicho que, obsesionado por la batalla de Madrid, devoré todo texto sobre el tema que caía en mis manos. Un día, mucho tiempo después, muerto ya Franco y recuperada la democracia, leí en un análisis puramente militar de la batalla, escrito por un coronel de caballería e historiador, que había resultado crucial para aquella victoria republicana la casual aparición de una cartera que contenía los planes de asalto de Varela para los días siguientes. La cartera, según este autor, había sido rescatada de un tanque italiano capturado al enemigo y sin ella, decía, sin ese golpe de suerte, tal vez la batalla de Madrid se habría perdido. No tuve forma de saber si aquella cartera que recuperamos Pepe y yo era la misma. Pero pensé que, de ser así, a mi amigo le habría gustado saber que no dio su vida por nada. Que su acto individual, puramente instintivo, había ayudado decisivamente a impedir que las tropas fascistas asolaran Madrid, en aquel noviembre del 36.

Abrí los ojos horas después, en medio de un día soleado; en medio de la mañana del día ocho. En medio de la victoria casi acariciada. Varela continuaba atacando, sí. Pero el milagro, el milagro realizado por la gente de Madrid, persistía con fuerza renovada, explicó a quien quisiera oírle, a gritos, en mal castellano, un francés de las brigadas internacionales. La ciudad resistía. No habían pasado. Y ya no pasarían.

Puse en la balanza la ilusión de la victoria, aunque supe que no te compensaría la pérdida de Ramiro. Eso no podría compensártelo nada. Pero tenías que saberlo, y fui hacia Atocha todo lo deprisa que pude.

Al subir las escaleras, me detuve en el segundo piso. Don Manuel había dejado la puerta abierta, y me asomé.

El anciano se hallaba en la sala, hundido en su sillón de lectura, cabizbajo y pensativo, abatido como nunca, casi siniestro en su mutismo. Todo parecía serle indiferente, salvo la cuna de mimbre que tenía al alcance de la mano, donde la pequeña Constanza lograba dormir con una serenidad asombrosa para las circunstancias que vivíamos.

—¿Don Manuel...? —musité. ¿Acaso la muerte de Ramiro se sabía ya en la casa?—. ¿Sabe... sabe que ha habido una gran victoria? Una victoria gloriosa...

Don Manuel volvió un instante la cabeza y luego posó otra vez la vista en el frente.

—Victoria, gloria... Yo las maldigo...¡Maldigo la gloria! ¡Maldigo la victoria!

Callé, estupefacto por sus palabras. Todas las puertas de la casa estaban abiertas, no se veía ningún cristal entero en las ventanas. Hacía frío, más que en la calle.

—Jamás viene sola, Joaquín. La gloria es una bestia, un monstruo, una mentira, una línea falsa en los libros de Historia. Y bajo ella, un millón de mezquindades sin nombre. ¿Sabes que han sido fusilados cientos de presos? Sacados de las cárceles y asesinados. Víctimas del desorden que nadie ha podido parar. De la bestialidad.

—Parece que no se alegra... ¡Madrid ha resistido!

—No es eso, Joaquín... Se ha parado a los fascistas, claro que me alegro. Pero una victoria siempre es sucia. Las victorias bonitas son para los cuentos infantiles. Para los discursos de los que ganan. Las de verdad están llenas de...

No supo qué decir; yo tampoco, como tantas veces ante él. Entonces, carraspeó tan largamente que pensé que agonizaba. Se aclaraba la voz para decir algo muy importante. Su discurso sobre la gloria había sido una manera de retrasar lo que iba a decir. Suspiró. Vi entonces que tenía lágrimas en los ojos.

—Constanza ha muerto —dijo, extendiendo una mano hacia la cuna y aferrándose a ella. Le oí sollozar—. ¡Pobre niña!

Me acerqué a la cuna, pensando antes de nada en ti. ¿Sabrías ya que había muerto tu hija? ¿Y que Ramiro se había estrellado? Tu dolor, el dolor que te asaltaría, me rompía por dentro. Me asomé a la cuna. Parecía imposible que ese rostro lleno de paz fuera el de un bebé muerto. Entonces la pequeña suspiró, chasqueó brevemente la lengua.

—¡Don Manuel! —chillé, pletórico—. ¡Está viva! ¿De dónde ha sacado que...?

Me miraba, sombrío y lúcido. Fue eso, su lucidez, lo que me hizo comprender y, al hacerme comprender, me aterrorizó. Di un paso hacia él, intenté dar otro. Las piernas me fallaron. Tuve que sentarme, en la silla de madera junto a su sillón. Lo miraba atónito, esperando una palabra que negara mi negra intuición.

—Salió a primera hora, desesperada por no saber nada de Ramiro, ni de ti en todo el día terrible de ayer. De nada sirvió decirle que tras el parto debía descansar. Oí las bombas al rato. Más bombas, como todo el día a todas horas, como todos los días... Aquí mismo, como si las tiraran contra la casa...

—Pero... —amagué una sonrisa, tratando de hacer entrar en razón a don Manuel. No podía ser. ¿Cómo ibas a haber muerto? Tenía que ser un error...

—La señora de la tienda me avisó —continuó el anciano—. La vio caer, saltar por los aires. Hecha pedazos. Bajé corriendo. Y sí, Joaquín. Era ella, Constanza. ¡Pobre niña!

Me puse en pie, sentado era incapaz de respirar. Y luego, me asaltó otro impulso: salir a la calle, escapar del lugar donde don Manuel me repetía lo que no podía ser. Tu ausencia. ¿Cómo aceptarla? ¿De repente, sin una despedida? Tu presencia arrebatada de cuajo, sin adiós. Muerta, saliendo así de mi vida. Imposible. Tú no.

Pensé que en la calle, entre los muertos, parecía más fácil hacerse la ilusión de que seguías viva, y me dispuse a salir. Pero no llegué a abandonar el piso. Un ahogo denso me subió desde el estómago, me nubló la visión. Me desmayé al comprender de repente que no volvería a verte. Que ya no existías.

Todo se volvió negro, hasta que la voz de don Manuel se erigió en punto de luz al final del inmenso pasillo oscuro. Al fondo de mis oídos, sonaban tambores.

—Era aristócrata, Joaquín —me decía, muy lejos, el anciano—. ¿Lo imaginabas? Duquesa, condesa..., algo así. Constanza del Soto y Olivares. Se quitó el «del» al casarse con Ramiro. Cosas de críos, todo sea dicho. La esencia de la gente no está en las sílabas de sus apellidos. Pero el caso es que lo eligió. Quiso empezar una nueva vida como Constanza Soto, a secas.

Fui abriendo los ojos. Allí, sentado junto a la cama en la que me había recostado, se encontraba don Manuel. Y también la realidad, que saltó sobre mí apenas recuperé del todo la consciencia: sí, habías muerto. Una bomba te había matado en Atocha. Los tambores eran arrítmicos, sordos, retumbaban en mi pecho y hacían vibrar los barrotes de la cama. Continuaba la batalla.

—No sé cómo haríais la Primera Comunión en ese orfanato tuyo de Ávila, pero seguro que distinto a como fue la de ella. En la finca de unos amigos de sus padres, con toda la servidumbre y la gente del pueblo formada, esperando su llegada como si fuera una reina. Eso, en vez de hacerle ilusión, le supuso un choque, un trauma. Así son las cosas, así vienen. Aquella niña, en vez de quedarse en su felicidad, con su vestido blanco y sus privilegios, vio algo que la cambió para siempre. Vio a un niño. Y sintió miedo. Miedo por él. Miedo, esa era la palabra que usaba de adulta al contarlo. Un niño del pueblo, hijo de alguno de los criados; un niño raquítico y con la cabeza rapada a trasquilones por los piojos. La miraba con los ojos muy abiertos; pobrecillo... Seguramente estupefacto ante la visita de esa princesa de cuento llegada a su mundo de miseria. Imagínate, Joaquín, a esos dos niños frente a frente, escrutándose... ¿Cuál es la probabilidad matemática de que un corazón se conmueva? Una niña de siete, ocho años, nacida riquísima, nacida para vivir ajena al mundo, sin problemas de ninguna clase, ve un día algo que la desbarata por dentro, que irremediablemente la lleva a preguntarse cosas. ¿Un uno por ciento? ¿Un uno por mil? Sea cual sea ese porcentaje, arraigó dentro de Constanza del Soto y Olivares, nuestra Constanza. Y la hizo otra. No el primer día, ni la primera semana, ni el primer año. Probablemente, tampoco la primera década. Pero las cosas imparables son imparables. Empezó a interesarse por otras cosas: el teatro y los libros, la enseñanza. Lo miraba todo, le interesaba todo, todo merecía su curiosidad. Se movió en círculos progresistas, lo que poco a poco fue distanciándola de sus padres y de la clase social a la que pertenecía. Conoció a Ramiro, se casó con él... Estaban montando su vida... La muerte siempre es trágica, Joaquín, y siempre por razones distintas. La muerte de nuestra Constanza lo es porque aún estaba buscando su camino. Grábate bien esta idea... Estaba buscando. Todavía no sabía dónde iba a encaminar sus pasos. Pero lo que sí sabía era que tenía que dirigirlos hacia donde estuviera la mirada de aquel chaval de su Primera Comunión. Para ponerse de su lado. Aunque no supiera todavía cómo.

Me incorporé en la cama, azogado. Tu muerte, la conciencia de tu muerte, se revolvía dentro de mí como una culebra. Los tambores eran cañonazos, bombas lanzadas desde el aire contra Madrid, contra la gente. Era cierto: no había victoria, sino aplazamiento de la muerte. Los sitiadores no iban a parar hasta ganar, y ganar era matarnos a todos.

Bajé las piernas hasta apoyar los pies en el suelo; quedé sentado sobre el colchón, todavía mareado. Todo me daba vueltas, excepto la realidad inamovible de tu muerte. Al otro lado de la habitación, estaba la cuna de tu niña, la segunda Constanza. Os recordé a Ramiro y a ti en la buhardilla, en vuestro único momento de felicidad familiar completa. Y absurdamente te hablé; a ti, a tu espíritu, a tu recuerdo. A ti, en el lugar de la muerte en el que te encontraras:

—Constanza... Yo te maté.

Don Manuel me miró sin entender.

—Pero qué dices, hombre...

La niña empezó a llorar. Don Manuel la tomó en brazos para tranquilizarla. Los lloros me asustaron. Me acusaban... y yo era culpable: había pasado información al enemigo. Había ayudado a matar a Ramiro. Había matado a Constanza.

147

Tenía que salir de Madrid, cruzar la línea del frente, hablar con Cortés, hacerle comprender que...

Fui hacia la puerta, salí al rellano, me lancé escaleras abajo...

—¡Joaquín! —me gritó don Manuel.

Me volví. Me miraba muy asustado. Luego lo entendí: asustado de que lo dejara solo con un bebé, en medio de una ciudad condenada. ¡Y tal vez aún ignoraba que Ramiro había muerto!

—Yo... —empecé a decir muy despacio, aterrado ante mis propias palabras. Y no me atreví a continuar.

Fui hacia la puerta. No quería volverme. No quería ver su rostro, ni el de tu hija.

—Todo este tiempo he sido un espía —dijo alguien.

Era yo. Mi boca, mi voz, mi conciencia, mi corazón aliados contra mi voluntad de callar y permanecer a salvo de mis mentiras. Traté de enmudecer, pero mis palabras siguieron saliendo solas, brutales; más brutales conmigo mismo que con el atónito anciano—. Pasaba información a los que nos están matando. Soy un espía de Varela.

Entonces, al haberlo dicho, se provocó en mí la reacción contraria. Hube de volverme, mirar a don Manuel, esperar su respuesta, conocer su juicio sobre mí...

En su rostro, el miedo se transformó en asombro, luego en incredulidad... Y, lo peor de todo, en tristeza auténtica, absoluta, desolada.

No lo soporté. Corrí escaleras abajo, huyendo. Salí a la calle, a las calles de Madrid bajo el fuego. Corrí y corrí. Pero por más que corrí, no logré apartar de mi mente la mirada de don Manuel, desvalido en el descansillo, abandonado a su suerte con una niña en sus brazos: tu hija de días, huérfana ya de padre y de madre.

Por mi culpa.

Atocha, laberinto del tiempo

Laberintos del tiempo:

Recodo uno: la visión última que tuvo Joaquín Dechén de la segunda Constanza aún bebé, un día de 1936, en un lugar de la glorieta de Atocha...

Recodo dos: mi visión primera de otra Constanza, la tercera, o supuestamente la tercera, un día de 2004, en la cafetería de la estación de Atocha...

Los andenes de la antigua estación son hoy un gran jardín poblado de enormes palmeras y presidido, al fondo, por una cafetería y restaurante con terraza, encaramado a la altura de un segundo piso. Su atmósfera, el aire que lo ocupa, es diferente al que se respira y percibe en cualquier otro lugar de Madrid por causa de los humidificadores que facilitan la vida de las palmeras; y también, supongo, la de los galápagos que pueblan el pequeño estanque de la entrada. Como escritor, aunque sea frustrado, siempre me he permitido la fantasía de creer que esa suerte de humo húmedo posee virtudes mágicas, o al menos literarias. Me cito a menudo en ese lugar, porque pienso que el interlocutor podría sufrir, como yo mismo, algún embrujo enriquecedor al aspirar esa atmósfera.

Fuera cierta la fantasía o no, la verdad era que la única cliente sentada en una de las mesas de la cafetería conseguía, gracias en parte al solitario entorno, un halo misterioso. Tal vez se lo ponía yo.

¿Se trataba de Constanza, la tercera Constanza? Estaba absorta en la lectura de unas hojas repletas de números, por lo que pude observarla antes de acercarme. La primera pregunta era: ¿se trataba efectivamente de la hija de la segunda Constanza, y nieta de Constanza del Soto y Olivares, o Soto a secas? Tal vez todo eran elucubraciones de Dechén. O mías. En todo caso, él sí creía que era la tercera Constanza. ¿O acaso no se había matado por ella y para ella, nada menos? Ahora tomaba té a escasos metros del lugar donde una bomba mató a su abuela muchos años atrás.

Tendría de veinticinco a treinta años. Soy muy malo calculando la edad de la gente, podría ser uno arriba o uno abajo. Poseía un físico corriente, casi vulgar, de los que pasan inadvertidos. Pequeña y robusta, de complexión fuerte, tal vez también con algún kilo de más. Vestía pantalón vaquero con peto muy ancho, cómodo, y botas camperas. A su lado, descuidadamente depositado sobre la silla, reposaba un chambergo ajado. Las apariencias estéticas y la moda no eran un problema para la tercera Constanza. Mantenía la vista clavada sobre su tarea y hacía muecas con los labios, como si hablara sola o entrechocara los dientes, lo que parecía ayudarle a concentrarse. No era guapa; cara redonda, nariz demasiado larga y desangelada... Una chica normal, del montón. Pelo corto, muy negro... Dechén no había mencionado el color de pelo de su Constanza, la primera, la mitificada, esa a la que tres hombres amaron y muchos otros, y tal vez yo entre ellos, admiraron; a juzgar por las palabras del enamorado Dechén, difícilmente parecía antepasada de esta otra joven aplicada a sus folios, sin duda apuntes de autoescuela o exámenes que estaba corrigiendo. Le pegaba ser maestra. ¿Tal vez porque en mi imaginación había decidido que la primera Constanza habría acabado siendo maestra de no haber muerto destrozada por la bomba?

De pronto, la joven tomó de la mesa la tetera y se sirvió la infusión. Y entonces vi sus manos.

Larguísimos dedos blancos, ágiles, armoniosos... Hipnosis brevísimas enlazadas entre sí: las miraba servir el té, dejaba de mirarlas, avanzaba un paso hacia ella; las miraba echar el contenido del sobre de azúcar, dejaba de mirarlas, avanzaba otro paso hacia ella; las miraba remover el líquido con la cucharilla y dejaba de mirarlas, pero acababa por mirarlas de nuevo.

Probó un sorbo y comenzó a hacer anotaciones sobre un folio. Escribía con la izquierda. ¿Esas manos eran, sorteando los laberintos del tiempo, las manos heredadas de Constanza Soto? Así quise figurármelo, lo que hizo la percepción igualmente legítima.

Las manos se detuvieron de pronto, como congeladas en el aire. Habría jurado que me miraban, igual que yo las miraba a ellas. La zurda dejó el bolígrafo Bic sobre la mesa, hizo una pausa y dijo:

—Hola, soy Constanza.

La ilusión de que la mano había hablado me sacudió. Alcé la vista hacia la cara de la joven. Sonreía. Y ante mi ligero estupor, repitió:

—Hola, soy Constanza. ¿Recuerdas que has quedado conmigo... para darme un vídeo? Y un libro...

Llevaba ambos en la mano, y por ellos me había reconocido. El paquetito cuadrado con el regalo estaba en mi bolsillo.

—¡Claro, perdona! Dudaba si serías tú. Como es un poco antes de las siete...

151

—Tenía que revisar todo este rollo —dijo, me pareció que con algún desprecio, señalando los folios llenos de cifras—. Las tarifas, los horarios de vuelo y esas cosas. Hay que darles el visto bueno. Bueno, ¿qué es eso que tenías que darme? ¿Y Joaquín, dónde está?

—Vuelos, dices... ¿A qué te dedicas? —pregunté, tratando de aparentar la mezcla justa de naturalidad e indiferencia.

—Tengo una empresa de avionetas. Bueno, la tendré a partir de mañana. «Avionetas Atocha», se llama. Ya sé que a lo mejor no lo parezco, pero soy piloto. ¿Me das eso o qué? ¿Qué es?

¿Qué podía contestarle? Opté por la explicación más fácil:

—No sé lo que contiene.

—¿Y Joaquín? ¿Dónde anda?

—Tampoco lo sé —mentí. Pero en el acto pensé que nada me impedía precipitar un poco las cosas—. Mejor dicho, sí. Está en el vídeo. Dentro de él.

Me observó cautelosa, sin entender. Pero a la vez, descubrí un remoto brillo de alarma en su mirada inteligente. No podía saber qué había pasado en el aeródromo; pero sí intuía un acontecimiento inhabitual, y tal vez grave, grave con toda probabilidad.

—¿Quién es Joaquín Dechén? —pregunté a bocajarro—. ¿Qué tiene que ver contigo?

El ceño de Constanza se frunció otro poco. Sabía que yo no preguntaba por preguntar, también que no era un simple curioso. Tal vez la muerte de Dechén había impregnado mis pupilas de algún brillo que despertó la confianza de la chica, porque, tras otra pausa, respondió:

—Mi socio. Desde mañana, mi socio.

—¿Y hasta hoy?

—Un amigo.

Alcé las cejas, reclamándole más. ¿Amistad entre una mujer de veinticinco y un anciano de más de ochenta...? Se caía por su propio peso. Ella misma, entendiéndolo así, se apresuró a aclarármelo.

—Un amigo peculiar. Más bien un amigo de mi madre, ¿sabes?

Sí, pensé, acabo de leer cómo la vio aquí mismo, en el portal del que vengo, hace setenta años. Un bebé desvalido en manos de don Manuel, tal vez más desvalido aún.

—¿La conoció de adulta? —al ver su cara de sorpresa, añadí—: ¿O antes? No sé, de niña...

—Oye, no te lo tomes a mal. Pero ¿se puede saber quién eres? —preguntó. Y de pronto estiró el cuello y me clavó los ojos—. A Joaquín le ha pasado algo, ¿verdad?

—Te propongo que primero me contestes tú —dije, de forma verdaderamente estúpida, inoportuna, como si fuera un juego—. Luego yo te digo lo que quieras. ¿Vale?

Se puso en pie airada, creo que con razón, y agarró el libro y el vídeo.

—Me voy.

Y lo hizo. La mano zurda no era su única herencia: también tenía el carácter firme de su abuela.

—¿Has visto el nombre grabado en la pared? —le dije cuando ya se encaminaba a la salida—. ¿Y la fecha?

Paró en seco. Por la expresión de su rostro supe que no había visto la inscripción. Pero era lo bastante lista para entender que el asunto le interesaba. Insistí:

—¿Constanza, siete de noviembre de mil novecientos treinta y seis? ¿Lo has visto alguna vez, escrito en esa pared que te digo?

De pronto, rió abiertamente.

—¿Todo esto es para ligar conmigo?

No sonreí. De pronto, comprendí que el precio por haber espiado a Dechén, por haberme inmiscuido en su vida y en la de la tercera Constanza, era actuar ahora, suavizarle el impacto por la muerte del viejo, impedir que se enterara viendo el vídeo. Y el momento, inaplazable, era este.

Me aproximé. No hizo amago de apartarse. Solo se encogió imperceptiblemente, el cuello un poco hacia dentro y los hombros adelantados, tensos. Creo que intuía que estaba de su lado ante la desgracia que, de algún modo, supo inminente.

—Tu amigo Joaquín se ha estrellado hace un rato. Mientras pilotaba una avioneta. Está muerto. Lo siento.

Respiró con fuerza dos o tres veces, secas y precisas, y luego se sentó en el borde de la primera silla que le pillaba a mano; tal vez para no caer, ni mostrar debilidad.

—¿Está ahí? —preguntó. No entendí a qué se refería, y repitió la pregunta con un gesto mudo, señalando el vídeo.

—Sí. Contrató a un cámara para que grabase una serie de acrobacias aéreas. Luego se estrelló y el cámara, naturalmente, lo grabó también. Esa sería la versión oficial. Pero yo tengo otra. Contrató al cámara para que grabara las dos cosas, las piruetas y el suicidio. Creo que se estrelló a propósito. Y creo que quería que lo vieras, aunque sabía que te resultaría muy doloroso. No me preguntes la razón. No la sé. Pero esa grabación con su suicidio es el legado que te deja.

—¿Vives por aquí cerca? ¿Tienes vídeo? Necesito verlo. Ahora.

—Yo no, pero él sí tenía. En su casa, aquí al lado. Estoy trabajando en ella, limpiando las paredes. Por eso me he enterado de todo.

Constanza sacudió la cabeza; parecía incapaz de asimilar tanta información.

—¿Su casa? ¿La casa de quién?

—La casa de Joaquín. La buhardilla, aquí al lado. No me digas que no la conoces...

—¿Joaquín vivía aquí, por el centro?

—¿No lo sabías?

—Siempre me dijo que vivía en el pueblo, junto al aeródromo.

—Pues tiene aquí una casa estupenda. Bueno, tenía. La casa de la inscripción en la pared. Ven, en ella hay un vídeo.

La invité con un gesto. Lo meditó unos segundos y se puso en pie.

Cruzamos la calle y entramos al portal. Subimos las escaleras. Constanza ascendía delante de mí mirándolo todo, como si las ventanas al patio interior o las bombillas en cada descansillo y la madera que decoraba las paredes contuvieran datos del Joaquín Dechén que estaba descubriendo. Y los contenían. La casa llevaba años sin remodelar. La madera del suelo o el pasamanos de la barandilla podían muy bien ser los mismos que en el año treinta y seis conoció Dechén, el adolescente traidor y enamorado.

Entramos en silencio, como si el piso fuera una iglesia.

Constanza dejó el chambergo y sus cosas sobre la silla y me acució con la mirada. Introduje el vídeo en el reproductor. Lo puse en marcha. Le di el mando a distancia y me aparté para dejarle intimidad.

Vio las piruetas y la explosión sin sentarse, como si le resultara más fácil controlar las emociones manteniéndose en pie. Lo vio todo, no dijo nada, rebobinó y se dispuso a verlo de nuevo. Esta vez sí se sentó. Muy cerca de la tele. La ejecución del Trompo le colgó en los labios una sonrisa triste, débil. La bola de humo lejana en el encuadre, casi insonora de no ser por un sordo rumor, que representaba la muerte de Dechén le fue haciendo fruncir los ojos a medida que la iba viendo: dos, tres, cuatro veces... A la quinta apagó el vídeo y se quedó pensativa y atónita, sin entender.

Me desplacé un poco para mirarla de frente. Parecía cavilar obstinada, la mirada inexpresiva clavada en el televisor apagado. De pronto, los ojos se le humedecieron.

—Me ha dejado sola. Justo hoy, la víspera del siete...

Hablaba en voz baja, para sí. Yo no contaba, no estaba; hasta que se dirigió a mí:

—¿Por qué nunca me dijo que vivía aquí?

Porque huía, pensé; porque se ocultaba de ti. Pero no lo dije. En cambio, sí señalé el libro.

—Ahí te lo explica todo. Creo que deberías leerlo antes de mañana. Antes del siete de noviembre. Y creo, ya que las circunstancias han hecho que te encuentres en esta casa y en este momento, que es aquí donde deberías leerlo.

Constanza ojeó el libro. Luego recorrió con la mirada la casa, como si quisiera memorizar cada detalle o captar, adheridas al suelo o las paredes, esencias vitales de Dechén. La joven no experimentaba aún dolor por la muerte de su amigo. Era demasiado pronto, no la había asimilado. Eso le ayudó a decidirse. Se fue hacia el fondo y se tumbó de lado sobre el colchón, para leer cómodamente. Era poco protocolaria. No le importó que fuera la cama donde había dormido el fallecido hasta poco antes; tal vez, no reparó en ello.

La dejé sola y salí al descansillo para no molestarla con la llamada telefónica que necesitaba hacer. Enrique estaba en su oficina. Contestó a la primera.

—Sí —me dijo—. Tengo los datos que querías. Cortés me lo ha contado, pero eso porque tenemos confianza de años, no te vayas a creer. Que ya me contarás para qué quieres saber todo esto.

—Luego. Ahora cuenta tú.

—Paco Cortés es hijo de un tal Luis Cortés, piloto militar durante la guerra civil, en el bando franquista. Luis llegó a general del ejército del Aire y durante algún tiempo fue ministro. Murió hace unos años, en un accidente. Era dueño de todo el inmueble, menos de la buhardilla. O mejor dicho, también era el dueño, pero se la regaló al Dechén este hace la tira, al acabar la guerra. Dechén, por lo visto, era su mano derecha. ¿Sabes que fue militar? Dechén, digo. Luchó en la guerra civil con dieciséis años, en el bando nacional, como piloto. Siempre con Cortés. Fue lo que se llama un héroe. Elegía todas las misiones arriesgadas sin importarle el peligro. Y de todas salía bien parado. Sé todo esto porque Cortés hijo es un paliza que me ha tenido una hora al teléfono, me debes una comida.

—¿Qué más?

—De Dechén poco. Llegó a comandante del ejército del Aire, pero se jubiló en el mejor momento, cuando podía subir en el escalafón. Tras la guerra llevó una vida normal, aburrida. Ya sabes lo que se dice de los héroes, que los mata el aburrimiento, no vivir en peligro.

—¿Y por qué vendió la casa?

—Necesitó pasta. Fíjate, ochenta años como un asceta y de pronto... La vendió bien. Doscientos y pico mil euros. Cortés fue generoso. En recuerdo de la amistad con su padre, no le regateó.

—¿Se sabe para que necesitaba la pasta?

—No, Cortés no tenía ni idea. Él también salió ganando, hace mucho que quería iniciar la remodelación del inmueble. ¡Oye! —estalló de pronto—. ¿Pero tú estás limpiando las paredes o escribiendo un libro?

—Tranquilo, hombre, tranquilo. Venga, gracias. Mañana nos vemos. No —me corregí—. Mejor pasado, el ocho. Mañana creo que voy a estar ocupado. Hasta luego. Y gracias otra vez.

Colgamos. Volví a entrar en la casa.

Constanza se había quitado las botas camperas para estar más cómoda. Sonreí al ver que sus pies, en sintonía con el resto del atuendo, iban envueltos en gruesos calcetines blancos de alpinista. Todo en ella irradiaba una extraña franqueza, algo así como una cabezonería cabal, convicción en todas y cada una de sus ideas. Y, tal vez por ello, adolecía también de cierta fragilidad.

Me senté en silencio, en la butaca a unos metros frente a ella. Estaba enfrascada en la lectura y no notó mi presencia. Se adentraba en la vida de Joaquín Dechén y sentí mucha curiosidad. No hay que olvidar que yo ignoraba aún cómo acababa el libro verde. Tenía sobre la mesa las fotocopias del último capítulo, pero me demoré en empezarlas porque prefería mirar a Constanza. Es un ejercicio curioso, observar cómo una persona que te interesa lee un texto que conoces bien. Cada mueca de la joven, cada amago de sonrisa o sombra de tristeza, cada interrogante pintado en la mirada, me hacía preguntarme por la línea del libro que los había provocado. Dicen, y tienen razón, que cada libro es distinto según la persona que lo lea. Yo había leído el libro de Dechén, y ahora lo estaba leyendo por segunda vez en el rostro de Constanza.

¿Fui consciente ya en ese momento de que me habría pasado toda la noche mirándola leer, observando el espejo del libro en que se había convertido su rostro, que de pronto me pareció hermoso?

Suspiré, y me dispuse a comenzar la lectura del capítulo pendiente cuando me vino a la cabeza, como un sopapo, una frase de Enrique a la que no había dado importancia.

Salí en silencio, logrando no distraer a Constanza, y volví a llamar a mi amigo.

—Enrique, ¿lo he soñado o has dicho que Cortés padre, el piloto, murió en un accidente?

—Sí. De aviación.

—¿Qué clase de accidente? ¿Algún vuelo comercial?

—No, con su avioneta. Durante una exhibición benéfica, haciendo una pirueta de esas que hacen los pirados estos.

—¿Sabes cuál?

—Sí, me lo dijo Cortés hijo. ¿El Tornado? Espera, algo así.

—¿Puede ser el Trompo?

—¡Eso! ¡El Trompo! ¡Murió haciendo el Trompo!

La segunda Constanza

El tiempo cambió su forma de transcurrir, tras los largos días de la guerra. ¿O simplemente me transformé yo, mi percepción del acontecer de las cosas?

Flotaba en un estanque mortecino, rebosante de rutina, donde no pasaban los días, ni los meses, ni los años. Pero a la vez sentía que todo sucedía muy deprisa. Y mi corazón abatido, incapaz de olvidar a sus fantasmas, no lograba curarse para volver a disfrutar de la alegría de vivir.

Tu muerte fue un abismo sin fondo. Me hundí en él, y pensé que jamás saldría. Pero el tiempo, ese tiempo mutado, puso las cosas en su sitio. Por supuesto que salí, por supuesto que me fue dada la comprensión de que tú habías sido un deslumbramiento fortísimo, similar al que me regalaron todas aquellas mujeres que al llegar a Madrid me topé en la calle de Alcalá. El primer amor adolescente, Constanza: eso fuiste para mí. O eso habrías sido, solamente eso, de no haber mediado la guerra. Ese amor, al hallarse tan arraigado durante mi transición hacia la edad adulta, dejó en mí un poso negro de culpabilidad y remordimiento. ¿Por qué quiso el destino, mi destino maldito, que cayera yo en tu casa, justo en la tuya? ¿Por qué hube de verte morir? A ti, y a Ramiro, y al infeliz Pepe.

Escapé de la casa, empecé a huir de mí mismo aquel día de noviembre en que dejé a tu hija en manos de don Manuel. Es cierto que no pude hacer otra cosa, pero esa imagen me persiguió durante mi complicada fuga, y no dejó de acosarme cuando, tras muchas aventuras, logré pasar a las filas franquistas. Observa que no digo «enemigas». Y es que mi corazón, con toda la sinceridad que era capaz de engendrar, había luchado ya en ambos bandos. Y había amado en los dos, en los dos había sentido la gloria de la vida.

Cortés, cuando por fin lo abracé, no era ya Cortés. Claro que yo tampoco era yo. Mi capitán, con el uniforme desaseado y barba de varios días, se parecía físicamente al hombre que me había enseñado a volar, pero su corazón no era el mismo: algo indefinible en el fondo de su mirada, más cansada y opaca, casi turbia, lo envejecía. La guerra lo había vuelto oscuro, triste, crispado. La guerra o el hecho de haber matado a Ramiro. Nadie, por mucho que sea capaz de odiar, puede matar a su mejor amigo sin que luego, por las noches, inesperadamente, a traición, le asalten recuerdos de los tiempos felices, todavía inocentes, en que compartieron risas y sueños; o le acose la culpa por el futuro que arrebató al otro. Matar es también robar, robar al muerto; quitarle las ilusiones por venir, arrebatarle nuevas alegrías, otros sueños, otras risas; puede que hasta la recuperación de la inocencia perdida.

¡Qué extraña, mi guerra doble! Dentro de Madrid, los héroes eran los milicianos y los brigadistas; fuera, se hablaba del arrojo de los soldados moros, de los riesgos que asumían los eficaces aviadores nazis. Y los únicos que parecían tener razón eran los caídos de uno y otro bando, imperturbables, callados, muertos. En las filas de Varela, Madrid estaba considerado el bastión del más ignominioso puñado de asesinos y corruptos que jamás había pisado España, y se maldecía especialmente a Miaja y a Rojo, sin cuya decisión e inteligencia la ciudad habría caído; se les tildaba de traidores a la causa que mayoritariamente habían abrazado los militares profesionales. Pero yo recordaba lo que, por azar, escuché decir a Rojo sobre la lealtad y la traición, y me parecía que quien tenía razón era él, aquel hombre que por su palabra de honor había elegido enfrentarse a todo y a todos, en una batalla perdida de antemano que, sin embargo, ganó.

Cortés era menos crítico con Rojo y con los demás oficiales que defendían Madrid.

—Un soldado no puede huir, como han hecho los ministros del gobierno republicano. Un soldado debe luchar. Es lo que hace Rojo. Yo habría hecho lo mismo. Le respeto. Pero ahora habla tú. Cuéntame de Madrid, de la casa donde estuviste. ¿Te fue fácil entrar? ¡Cuéntame!

Y yo le contaba, consciente de que tras su interés profesional, militar o de simple amistad, latía el afán, jamás explicitado, por saber de ti. Era complicado hablarle sin citar a Ramiro, cuya mención, a veces inevitable, teñía de algo parecido al más terrible miedo los ojos de mi capitán. Y me aterraba decirle que habías muerto, Constanza; pero ocultárselo carecía de sentido, y decidí contárselo cuanto antes.

Fue un amanecer ventoso. Cortés se disponía a despegar. Los combates por Madrid continuaban, aunque más flojos a medida que pasaban los días y se evidenciaba la derrota de los atacantes. Al fondo, a lo lejos, se escuchaban los disparos y cañonazos.

—Constanza murió la mañana del día ocho —me lancé a decirle mientras los técnicos revisaban su avión nuevo, un Fiat de fabricación italiana. Una vez dicha la primera frase, fue más fácil soltarlo todo—. La mató una bomba lanzada desde un avión, en la glorieta de Atocha. Acababa de tener a su hija, una niña. Le pusieron de nombre Constanza, como ella —concluí; y, al hacerlo, tragué saliva y esperé.

Cortés me escuchó de pie, aparentemente sin inmutarse; su cuerpo vibraba por la cólera del viento, aquel helado amanecer en el campo abierto, pero sus ojos parecían de piedra. No dijo nada, no suspiró. Subió al Fiat y enfiló la pista, aceleró y tomó más y más velocidad. Cuando tocaba levantar el morro, siguió deslizándose, abandonado a la velocidad, hasta que vimos cómo empezó a frenar, tratando de dominar el aparato. Pero era ya tarde. Se salió de la pista unos cientos de metros más allá, y hundió aparatosamente el morro en tierra. Los técnicos y yo corrimos hacia la cola vertical que apuntaba hacia el cielo. Cortés, increiblemente sano y salvo, temblaba con la mirada perdida, sin vernos. Las hélices, todavía impulsadas por los estertores del motor, acuchillaron el suelo hasta mellarse, y al poco se partieron. Hechas jirones, representaban todo lo que el rostro tercamente callado de Cortés no expresaba. Eran la imagen de su corazón. Su alma muerta de repente.

Y eso, un trozo de piedra inmutable o resignada, fue su cara durante el resto de la guerra, y también el día en que se produjo la victoria.

Es difícil, o imposible, no volverse otro durante una guerra. ¿Quién era yo el 28 de marzo de 1939, cuando entré en Madrid con los vencedores? ¿Uno más de ellos? Tal vez esta expresión es injusta, pues aunque las columnas parecieran un solo hombre jubiloso e invicto, cada uno de nosotros arrastraba su propia historia, su propio drama y dolor, sus propias ausencias irremediablemente distintas a las de los demás. No, no era uno más de ellos. Era Joaquín Dechén, a los dieciocho años teniente del ejército de aviación por méritos de guerra. Pero era también el hombre que, apenas su coche entró en Madrid por el paseo de la Castellana, notó cómo una vieja herida, que a veces, solo a veces, había logrado creer que tenía ya cicatrizada, volvía a abrirse.

163

La glorieta de Atocha estaba abarrotada de gente plétórica; gente que en muchos casos había permanecido oculta durante todo ese tiempo, casi siempre con la sombra perenne de la muerte sobre sus cabezas. Ahora eran los otros, los que habían paseado libres durante la guerra, quienes temían lo peor y, por desgracia, con razón: la hora de la revancha, pomposamente llamada paz en los carteles propagandísticos y discursos radiofónicos, había llegado. Dos bandos, don Manuel no se equivocaba; siempre, en todas las guerras: asesinos contra gente.

En ninguna de mis peligrosas incursiones aéreas, y conste que a petición propia había realizado muchas, sentí tanto miedo como en aquel momento en que, tras mucho dudar, me decidí por fin a levantar la cabeza hacia la ventana de la buhardilla de Atocha. Estaba cerrada, muerta, ajena a la algarabía histórica. No sé si eso me tranquilizó o me exasperó. Necesitaba alguna clase de noticia, la que fuera; y el hecho de no tenerla se me antojó repentinamente un presagio negro nuevo e inimaginado. ¿A estas alturas? ¿Por qué, si hacía dos años y medio que estabas muerta?

Una sombra discreta, que podría ser la de alguien que observase con miedo la llegada de la victoria, se movió en la ventana del segundo piso. Don Manuel, pensé en el acto. Y un miedo irracional me llevó a ordenar al chófer que acelerase para sacarme de allí. Huyendo del anciano y de tu hija, había salido de Madrid. Y huyendo del anciano y de tu hija, que debía de seguir con él, regresaba a la ciudad. Comprendí en ese instante que la guerra era un asunto de segundo orden, que siempre lo había sido. Lo que me importaba y me seguía importando era huir: huir de lo que había hecho. Huir de mí mismo.

Una semana después de la entrada triunfal, al anochecer, hallé valor para acercarme de nuevo a la casa. Estaba decidido a entrar al portal, a subir las escaleras y visitar la buhardilla y tu piso. Tal vez me atrevería a llamar al timbre del anciano.

La noche, primaveral y negra, rebosaba victoria ruidosa, poblada de partidas armadas que olfateaban las esquinas en busca de posibles víctimas, de enemigos o de aquellos que pudieran parecerlo. Mi uniforme de héroe me abría paso entre ellos.

Empujé la puerta del portal. Estaba abierta, cedió en el acto bajo mi temerosa presión; igual que, cuando siendo un niño inocente no tanto tiempo atrás, la había empujado por primera vez. El interior se hallaba a oscuras, pensé que por causa de las restricciones. Adelanté la pierna a ciegas, hacia el primer escalón, y puse la mano sobre la barandilla de la escalera. Iba a apoyar el pie en el peldaño cuando un grito espeluznante atravesó la noche. Venía de arriba. Olvidé las precauciones. Saqué la pistola, trepé a toda prisa, golpeándome en brazos y rodillas contra las esquinas. Otro grito, más estridente, me guió.

Entonces me atravesó la vergüenza: ¿cómo no había venido a ofrecer mi ayuda al anciano apenas entré en Madrid? ¿Cómo había tenido la cobardía de dejarlos una semana entera, a él y a la niña, entre los lobos?

Amartillé la pistola y entré pegando una patada a la puerta. La oscuridad en el piso no era total; se contorsionaba fantasmagórica por la luz anaranjada de tres o cuatro velas. Dos fusiles se volvieron, listos para disparar. Oí los cerrojos, vi los rostros crispados tras los cañones que me apuntaban: un moro y un legionario paralizados por la sorpresa; su estupefacción me salvó la vida; eso y el uniforme, otra vez el uniforme de héroe. Bajaron las armas, hicieron un amago de cuadrarse. Pero su agresividad contenida evidenciaba que ese era su territorio conquistado; les pertenecía, fuera yo héroe o no. Los armarios y la cómoda estaban abiertos, con sus contenidos desparramados por el suelo. Saqueaban en libertad. El botín de guerra que redondea las pagas de los soldados. Esa parte que los vencedores nunca consideran necesario relatar.

—¿Qué pasa aquí? —grité furioso.

—Nada, mi teniente —contestó el legionario.

—¿Y esos gritos?

El legionario se encogió de hombros. Iba a responder cuando otro grito surgió de la habitación. Me precipité hacia allí.

Don Manuel se hallaba en pie en el centro de la habitación, en grotesca y forzada posición de firmes. Estaba desnudo de cintura para arriba. Ese detalle me estremeció más que la visión de la sangre; siempre había visto a don Manuel impecablemente vestido, con su traje de chaleco y su corbata de lazo. Por eso me impresionó tanto su desnudez de piel blanca, la indefensión de su carne fláccida. Otro legionario, este con graduación de cabo, descargaba vergazos sobre el cuerpo viejo y roto, que respiraba agónicamente.

—¡Firmes! —gritaba ante el espasmo brutal que provocaba en don Manuel cada nuevo vergazo. Y al no poder enderezarse el anciano, volvía el verdugo a levantar el látigo.

Se disponía a descargar un nuevo golpe cuando le apunté con la pistola a la cabeza. Todo fue muy rápido dentro de mí, la rabia y la decisión entremezcladas. Apreté el gatillo. El disparo, en la pequeña estancia, sonó como un cañonazo. Fue una millonésima de segundo crucial para el resto de mi vida, durante la que mi corazón se movió más rápido que mi ira. Cuando sonó el estampido, el ángulo de mi brazo había bajado hacia el suelo sin que yo recordara habérselo ordenado. El cabo cayó al suelo, chilló agarrándose el muslo ensangrentado. Algo dentro de mí se había revuelto a tiempo de impedir que cargara con aquella muerte. Hoy lo sigo agradeciendo.

Los dos de afuera entraron con los fusiles listos. No les di tiempo de pensar. Me dirigí al legionario.

—A vuestro compañero se le ha disparado el arma. Llevadlo a un médico.

Ni los recién llegados ni el herido, retorciéndose en el suelo, rechistaron. A regañadientes lo auparon y lo sacaron de allí. Estaban furiosos, pero no lo bastante para atacar a un oficial de ese ejército en el que con tanta facilidad se fusilaba a los insubordinados.

Salieron. Cerré la puerta tras ellos y me apresuré a recostar a don Manuel sobre la cama. Estaba casi inconsciente. Se moría. ¿Qué pretendían aquellos canallas torturándole con tal salvajismo?

Busqué un poco de agua, le refresqué la cara. Poco más podía hacer por él.

—Don Manuel —dije en voz baja—. Don Manuel... ¿Pero qué le han hecho?

En toda la guerra ninguna escena me había resultado más atroz, más físicamente dolorosa. Me prometí buscar a los tres verdugos y castigarlos. Seguramente habían pensado que ocultaba joyas en la casa.

El anciano, al escuchar su nombre, abrió los ojos aturdido. Y me reconoció. Sus ojos se clavaron en mí; muy abiertos, con dureza. Me dieron miedo.

—¿Eres Joaquín? ¿O su fantasma? —preguntó entre estertores.

Me espeluznaron sus palabras. Tal vez sí, tal vez lo era: el fantasma de mí mismo. Solo que no había caído en la cuenta.

—Sí, don Manuel. Soy yo...

La boca del anciano dibujó algo parecido a una sonrisa. También podía ser la mueca de la cercana muerte.

—¡No se lo he dicho, Joaquín! ¡No se lo he dicho! —y se echó a llorar. ¿Me estaba volviendo loco, o lloraba de felicidad? Me apretó el brazo con fuerza inesperada; por ello supe que le quedaban escasos segundos—. ¡Es el cielo quien te manda! Porque no se lo he dicho. ¿Entiendes?

¡No les he dicho dónde está la niña! Ahora puedo morir tranquilo, Joaquín. Tú velarás por Constanza. Para eso has vuelto, ¿no es así?

Y expiró dejando la pregunta en el aire, como una maldición o una verdad ineludible.

—¿Dónde está? ¡Don Manuel! ¡La niña! ¿Dónde está?

¿Cómo iba a cuidarla si ignoraba su paradero? Sacudí al anciano, ya cadáver indiferente. Mil preguntas me acudían a la boca, pero él no podía contestarlas. ¿Era cierto, podía serlo? ¿Había vuelto para velar por tu hija, donde quiera que estuviese? Tal vez por eso había sobrevivido a todos los peligros que, sin saber muy bien por qué, buscaba premeditadamente, uno tras otro, para lograr que me mataran. Para no pensar en ti ni en tu muerte, que me seguía señalando por mucho que no fuera culpable de ella.

Permanecí horas junto al cadáver de don Manuel, oculto bajo una sábana sucia. Al alba, subí a la buhardilla.

Abrí la ventana y salí al exterior. Mis manos y mis pies reconocieron enseguida las tejas inclinadas sobre las que solía desplazarme, en la oscuridad de la noche, hasta el recodo desde el que mandaba al cielo mis mensajes.

Amanecía sobre Madrid. Hacia mi derecha se extendía el barrio de Salamanca, que las bombas habían respetado por orden expresa de Franco; hacia la izquierda veía los barrios obreros, machacados por las bombas y la destrucción. Me pregunté si la ciudad sufría sus heridas como un ser vivo; o si por el contrario era tan indiferente al dolor como parecía; ajena a sus llagas en la piedra, y también a nuestra pobre agonía humana. Los legionarios, deduje, buscaban a la niña por orden de Cortés; nadie más podía tener interés en ella. Esa había sido mi última traición a ti y a tu hija, aunque la cometiera sin ser consciente de ello. Cuando huí de la ciudad tres años antes, Cortés insistió en que le hablara de ti. Comprendí que eras tú lo que de verdad se hallaba tras su ardor guerrero, tras su obsesión por ganar la guerra. Me pregunto si Cortés te amaba, si te amó antes de que eligieras a Ramiro, si estaba en sus planes intentar recuperarte tras la victoria. ¿Te amaba? ¿Qué se rompió dentro de él cuando supo que habías muerto? Un día, muchos años después, me confesó que el día de tu muerte, en plena batalla por la ciudad, él en persona había soltado bombas sobre la ciudad. No lo dijo de forma explícita, pero sé que convivió toda su vida con el espectro horrible de haber sido tu asesino, además del de tu marido; igual que Ramiro se atormentó siempre por la muerte de Javier. Los comprendo a ambos. Yo también me he acusado durante décadas por tu muerte y por la de Ramiro, y no soy objetivamente responsable de ellas. Pero la culpabilidad es como el amor: tú no eliges. Sobre el tejado, con Madrid a mis pies en aquel amanecer primaveral, me pregunté cuántas conciencias se sentirían culpables en la ciudad. ¿Cientos, miles? La guerra maldita había convertido la ciudad, el país entero, en un lugar habitado por almas en pena, por conciencias rotas, por secretos terribles que nos acompañarían el resto de nuestras vidas, por mucho que los ocultáramos celosamente en lo más profundo de nosotros. Aunque todo eso quedaba reservado para una parte de la población. La otra no sufría; al contrario, se regodeaba en la victoria, en el futuro, en la celebración perpetua del triunfo armado.

¿Para qué quería Cortés a la niña? ¿Para salvarla de lo que aguardaba a los infortunados del bando perdedor? Tal vez esa cuestión era secundaria; lo principal era que no había rastro de la pequeña. ¿En qué lugar de Madrid la había escondido don Manuel? Escruté la ciudad. ¿Dónde estaba la segunda Constanza?

Entonces vi el Fiat de Cortés. Sobrevolaba sin prisas la ciudad vencida. Imaginé al capitán haciéndose las mismas preguntas, tan perdido como yo. El avión empezó a echar humo rojo. ¿Un accidente, un fallo del motor?, pensé alarmado. Pero Cortés soltaba el humo premeditadamente. Llevaba sujetas al fuselaje una ristra de bengalas que encendió con sus propias manos, abriendo la portezuela del avión, y una vez comprobó que ardían bien, empezó a realizar piruetas en el aire. El humo rojo empezó a escribir letras en el cielo. Abajo, algunos de los viandantes se detuvieron y levantaron las cabezas, disfrutaron del inesperado espectáculo.

«Constanza», escribió el humo rojo. ¿Un mensaje lanzado por Cortés en una botella al océano del cielo? Las letras, al rato de trazadas, se desvanecieron entre las nubes, y el mensaje desapareció... Pero comprendí a Cortés. Sentía que había matado a los padres de la pequeña Constanza. Por eso la buscaba. Esa niña de tres años podía entrañar su redención.

El gran desfile de la victoria se celebró poco después. Me senté en la tribuna, como ayudante del reputado y flamante coronel Cortés, as de la aviación franquista. A pocos metros de nosotros se encontraba el mismísimo Franco, y no pude evitar rememorar el día en que lo vi en Burgos, cuando fue nombrado jefe único del bando nacional, y yo fantaseé con la idea de volar, algún día, en el avión de su hermano Ramón, héroe del *Plus Ultra*. Pero Ramón había muerto en la guerra, y el *Plus Ultra* era un recuerdo del pasado, una vieja foto en blanco y negro. Un sueño, otro más, aplastado por el deslumbrante desfile.

¿El corazón puede medir el tiempo? ¿Cuántas veces late en veinticinco años?

Me hice esa pregunta al amanecer de un día de 1964, mientras me enfundaba mi uniforme de gala ante el espejo.

El régimen se disponía a celebrar su primer cuarto de siglo en el poder. Otra gran parada militar desfilaría por la Castellana de Madrid, llamada entonces Avenida del Generalísimo, bajo el lema «Veinticinco años de paz». Yo iba a estar de nuevo junto a Cortés, en la tribuna, a pocos metros de Franco. Para la mayoría de quienes ese día tuvieron un sitio junto al Generalísimo, esa simple ubicación física era la evidencia del triunfo de sus vidas. Estaban orgullosos, se les veía en la cara, en las miradas, en los flamantes uniformes de planchado impecable.

Mi vida gris, sin embargo, apenas había variado desde el desfile del 39, veinticinco años antes, aunque ahora vistiera uniforme de comandante.

¿Y Cortés? ¿Era también el mismo, a pesar de sus galones de teniente general del Ejército del Aire? En el fondo, los dos sabíamos bien en qué nos habíamos convertido: dos triunfadores fracasados. Habíamos tenido éxito, o lo que la gente denomina éxito, en todo excepto en nuestro empeño enfermizo: encontrar a tu niña, que jamás había aparecido.

Cortés, con todo, había conciliado su obsesión con la vida real mejor que yo. Tenía mujer y un hijo; era un empresario que financiaba investigaciones aeronáuticas, y también diseñó personalmente algún modelo de avioneta; ascendió en el escalafón militar con fluidez imparable, como si siempre hubiera estado predestinado a la cumbre que al fin logró alcanzar, e incluso durante algunos meses fue ministro. Además, era un hombre rico. Muchos de los inmuebles que en marzo del 39 fueron expropiados por los vencedores en concepto de indemnización por daños de guerra, o quedaron vacíos por la muerte o exilio de sus propietarios, pasaron a manos de los más privilegiados de los vencedores. Algunos de los militares encaramados a la tribuna de Franco lo sabían muy bien. Cortés recibió varias casas como pago por su heroísmo, y una de ellas había sido la de Atocha. El inmueble entero era suyo; excepto, curiosamente, la buhardilla, que siempre le había pertenecido legítimamente. Yo, cuando supe que mi nombre estaba entre los de quienes debían ser recompensados con bienes inmuebles, le pedí esa buhardilla. Y Cortés, generoso como siempre, me la dio sin dudarlo.

Lo cierto era que yo podía parecer un hombre feliz, con mi casa, mis galones de comandante, mis acciones en la empresa de aviones de Cortés... Yo también, para un observador exterior, podía aparentar que todo iba bien, que había logrado olvidaros a ti y a tu hija.

Y, sin embargo, cualquier cosa que me remitiese al pasado, a los años terribles de la guerra y la posguerra, me conmovía y me angustiaba; y resurgía entonces, a pesar del mucho tiempo transcurrido, la inamovible pregunta sin respuesta: ¿dónde estaba la segunda Constanza?

Un día, a mediados de los años sesenta, el pasado regresó. ¿O debería decir que empezó a regresar?

Allá por 1957, el que fuera jefe del ejército derrotado en la guerra, general Vicente Rojo, había solicitado permiso para volver a España, a Madrid; y para sorpresa de unos, disgusto de otros e indiferencia de la mayoría, le fue concedido. Yo mantenía aquel recuerdo de Rojo imborrable de la noche anterior a la batalla de Madrid.

«Comprometí mi palabra de lealtad con la República».

Siempre he pensado que aquella frase, pronunciada con sinceridad transparente en tan difícil circunstancia, fue determinante para que mis culpas y traiciones pesaran dentro de mí más que el brillo de mis supuestos éxitos.

Me enteré de su regreso porque lo oí comentar en la oficina de Cortés, ya que la prensa apenas se hizo eco del tema. Pasado algún tiempo desde su regreso, fue procesado por rebelión militar y condenado a cadena perpetua. No fue a la cárcel gracias a los beneficios de un indulto decretado años atrás. Pero se vio sobradamente cumplido otro de los probables objetivos del cruel y mezquino trato

172

que Franco le había reservado: Rojo se hundió en una depresión que lo acompañaría hasta su muerte, en junio de 1966. Seguí todo el asunto con interés profundo y secreto, pues aunque no lo reconocía en público sentía verdadera fascinación por el honrado general humillado.

Solicité la dirección de su domicilio al juzgado que llevaba el sumario. Vivía en la calle Ríos Rosas; al verlo escrito en el atestado recordé que el propio Rojo me lo había dicho aquella lejana noche.

«Yo vivo en Ríos Rosas».

«Yo en Atocha».

Rojo había salido a dar su paseo matutino. Ordené al chófer de mi coche oficial que volviera un rato después y me aposté a discreta distancia del portal. Quería estrechar su mano, decirle que me parecía vil lo que se había hecho con él. Decirle que le respetaba. A pocos pasos, dos niños de siete u ocho años jugaban a espadachines con sendos palos de madera; uno de ellos llevaba un gorro de papel, el otro, un trozo de mantel anudado al cuello como una capa. Repararon en mí y detuvieron su guerra de mentira para mirarme con admiración: ¡yo llevaba uniforme de verdad!

Rojo apareció media hora después. Nada evidenciaba que se trataba de él, y, sin embargo, lo supe apenas lo vi: un caballero mayor aunque no anciano, meditabundo, cansado, con el periódico bajo el brazo, más menudo de lo que recordaba. No reconocí sus rasgos. Mi recuerdo dibujaba a un hombre de mirada determinada y serena. O tal vez lo había mitificado.

Di un paso para cruzar la calle, me acerqué por detrás. Sin embargo, no me lancé a hablarle. No sé qué me detuvo; tal vez el hecho de que yo vestía el uniforme de comandante del ejército que lo había maltratado. Me había decidido ya a darme la vuelta, a olvidarme de él, cuando el periódico se le cayó al suelo sin que lo advirtiera. Lo re-

173

cogí del suelo, era el ABC; alcancé al general y posé una mano sobre su hombro. Se sobresaltó, miró a derecha e izquierda antes de volverse y verme. Una indignación virulenta se le encendió al fondo de la mirada, aunque en el rostro solo se le agitó, incontrolable, un leve temblor de la barbilla.

—¡Pero... Pero...! —dijo entre dientes; estaba mal afeitado, los incipientes pelos blancos del mentón le daban una apariencia desvalida, de enfermo desahuciado—. ¿Pero qué quieren? ¿Qué más quieren ustedes?

Se me heló la sonrisa en la boca. Por supuesto, no me había reconocido. Su justa cólera iba dirigida contra mí, contra mi uniforme. En el juzgado tenía que aguantarnos, aguantar que lo humilláramos y, casi, encarceláramos. Pero en la calle no, eso parecía decir su rabia.

—Se le ha caído el periódico —me limité a decir. Él miró el ABC, comprendió y relajó un poco el gesto.

—¡Ah, gracias! —dijo secamente. Se volvió y se fue.

Los niños se habían aproximado un poco más. Sonreían; si yo hubiera querido, habría sido su héroe con solo decirles una palabra. Uno de ellos, el más alto, tenía una mancha de chocolate en la nariz.

Rojo se alejó hacia el portal con la espalda encorvada y la dignidad entera. Murió poco después.

En Madrid, el tuyo, el mío y el de él, nunca ha existido una calle dedicada al hombre que salvó a la ciudad del asalto fascista. Hoy tampoco existe.

Aquel encuentro lo removió todo de nuevo. Pero no solo dentro de mí... Porque, a juzgar por lo que pasó casi inmediatamente, se diría que el espíritu de Rojo había soplado en la dirección adecuada para que el destino, o lo que quiera que sea, volviese a fijarse en la pequeña historia de tu vida y de la mía, y se decidiese a sacudirla.

Era un domingo por la mañana, en la primavera de 1966. Salí a pasear muy temprano, como solía hacer todos los días festivos. Siempre me ha gustado la ciudad vacía, y esos momentos son casi los únicos en que se puede disfrutar de tan grata sensación. Entré al bar habitual, donde desayunaba antes de subir a casa. Fermín, el dueño, era un trabajador incansable que disfrutaba abriendo personalmente el negocio todas las mañanas. Tendría alrededor de sesenta años y alguna vez me había contado que durante la guerra, y por tanto también en el mes de noviembre del treinta y seis, ya trabajaba tras la barra, junto a su padre. Yo no lo recordaba, aunque era probable que nos hubiésemos cruzado más de una vez, pero él insistía en contar historias de batallas y aviadores, de bombardeos y muerte, y también de solidaridad. De mí sabía que era militar porque en ocasiones no tenía otro remedio que salir de uniforme. Nunca le dije que fui uno de los héroes que ayudó a tomar la ciudad. Fueran ciertas o no, las historias de Fermín lo habían hecho famoso en el barrio. Aquel día, cuando entré, estaba explicando alguna de sus aventuras a un grupo de jóvenes, tres o cuatro chicos y chicas, que le escuchaban con verdadera curiosidad.

—Así mismo, así mismo, como os lo cuento. Ahí en el cielo, ahí mismito... —les contó mientras me servía el café y las porras—. En color rojo chillón. Con estos ojos lo vi.

—¿Y a quién buscaba el aviador? —preguntó uno de los chavales. La palabra me puso en guardia.

—Pues a la mujer, claro. Se supone que fue su gran amor —dedicó Fermín un guiño resabiado al joven—. Trazó el nombre de la chica en el aire, con su avión, y luego desapareció para siempre.

Dejé de remover el café con la cucharilla. Mi mano se detuvo sola. Noté frío en los músculos, un velo en los ojos.

—Casi casi como en una película americana —comparó una rubia muy risueña, que luego se volvió hacia la otra chica del grupo, una morena pequeña de melena corta que estaba de espaldas a mí—. ¡Qué cosas, Constanza! ¡Ver tu nombre escrito en el cielo! ¡Qué envidia, tener un enamorado así!

El corazón me dio un martillazo en el pecho. No saqué conclusiones; no pensé nada, nada en absoluto; era incapaz. Me limité a escuchar. Y miré: la joven morena habló mientras su mano derecha se extendía hacia la taza de café sobre la barra. Reparé en sus dedos: blancos, largos, esbeltos... Era imposible, pero yo jugué a creer que no lo era.

—¡Pero qué dices! —dijo la joven—. Si yo en el treinta y nueve no debía de tener ni tres años.

Era tu voz, Constanza. Tu mismísima voz.

Menos de tres años en marzo del treinta y nueve, por tanto había nacido sobre noviembre del treinta y seis. Un sudor de hielo me inundó, me mareé. Tuve que sentarme, mi café cayó al suelo, la taza se rompió. Fermín salió de detrás de la barra y se apresuró a venir en mi ayuda. Los jóvenes también se acercaron.

Miré a la joven. Se parecía asombrosamente a ti. Eras tú, Constanza. Pegué un respiro de miedo o de felicidad, no fui capaz de precisarlo. Sí recuerdo que me emocioné, que se me humedecieron los ojos, que noté que me ahogaba.

—¿Se encuentra bien? —me preguntó. Y seguía siendo tu mismísima voz. Pero ahora, además, esa voz surgía de tus labios, tus labios en el centro de tu cara, de tu misma cara, con una sonrisa tranquilizadora que era también la tuya. Tu misma sonrisa, esa serenidad que se me había pegado a la piel, al corazón, a la vida durante treinta años. Lancé un sollozo que me hizo sentir vergüenza.

—Sí... Me ha dado un mareo— acerté a decir—. No... No es nada.

Me ayudaron a ponerme en pie. Ella, con tus manos aferradas a mi brazo, me acompañó hasta la puerta cuando insistí en marcharme, y regresó luego al círculo de sus amigos.

Di una vuelta a la manzana, subí a mi coche y maniobré, situándolo en un punto desde el que se pudieran ver las salidas a las dos calles del bar de Fermín. El corazón me latía como una ametralladora.

Media hora después salieron los chicos. Respiré hondo. Enseguida deduje que eran de fuera de Madrid, un grupo de amigos que habían venido a pasar el día desde alguna población cercana. Los seguí. Una perturbación enorme me dominaba, pero a la vez todo tenía nuevo sentido en ese luminoso día. ¿Cómo era posible que tu niña, la segunda Constanza, hubiera ido a parar al mismo bar donde yo tomaba café? ¡Y encima, junto al portal donde todo había pasado, donde la dejé y la vi por última vez! ¿Por qué no? Tal vez iban a coger un tren, la estación de Atocha está a unos pasos; o se acababan de apear de él. Pero no, tenía que haber algo más. Recordé a don Manuel, su expresión antes de morir. La niña está a salvo, dijo. ¿Dónde? ¿Dónde la había puesto a salvo? Mi mente no aceptaba las casualidades, y esta situación lo parecía, una casualidad asombrosa. Me pregunté si no sería que tú misma, desde tu lugar en la eternidad, habrías orquestado este increíble encuentro.

Al atardecer, los chicos se dirigieron a una estación de autobuses. Subieron a un autocar azul que arrancó y salió a la carretera. Lo seguí. Era un momento hermoso y terrible. Revivía en mí tu recuerdo entero, revivía la vida; y, al revivir, volvía también la muerte que nos asoló.

El autocar azul hizo varias paradas, todas en pueblos excepto una, cerca de una ciudad pequeña de provincias. En una de ellas, la segunda Constanza se separó del grupo y tomó otro vehículo, una camioneta más pequeña, de viajes comarcales. Desde el coche podía ver cómo solo iban a bordo ella y unos pocos viajeros, desperdigados entre los asientos. Caía el sol cuando se bajó en un apeadero en medio de la carretera, y echó a andar por un camino de tierra amarilla. Tuve que dejar el coche y seguirla a pie, de lo contrario me habría descubierto. Caminé sobre la tierra, caminamos bajo el cielo azul y el sol que declinaba. Me sentía desnudo y libre, y a la vez embrujado por alguna fuerza extraña que emanaba de la figura que avanzaba cien pasos por delante de mí.

Al fondo, vi un caserón de piedra. El corazón me empezó a latir. Yo había estado antes en ese lugar. Y entonces, de golpe, comprendí. Recordé. Supe.

El caserón era el orfanato donde yo había sido criado, y que abandoné treinta años atrás. Volvía a él, cerraba el círculo. Me invadió el vértigo, también la lucidez. Don Manuel, al que en nuestras largas charlas había dado detalles del orfanato, había ocultado a la niña allí. Daba igual la forma en que la sacó de Madrid y la introdujo en territorio nacional; tal vez lo ayudó alguno de los religiosos cuyos paraderos en el Madrid ateo y anticlerical conocía bien, según me había contado él mismo. Qué importaba eso ahora, si la evidencia estaba ante mí. La ciudad pequeña que habíamos dejado atrás, entonces, debía de ser Ávila, en cuyo nombre no habría reparado yo, abstraído en el seguimiento de la joven.

Tu hija entró al caserón. Permanecí largo rato ante su gran puerta metálica, recorriendo los alrededores y recreándome en la visión del patio desde la reja posterior, hipnotizado por el cartelón de la entrada, «Orfanato de San Juan de Dios». Me senté en el suelo, ante el edificio. No razonaba, no pensaba, solo sentía. El cielo y la tierra me rodeaban como un útero materno. Al rato, me sorprendí llorando calladamente. Tal vez por los recuerdos, por la comprensión de que sí, de que habías sido tú, de manera inexplicable, quien me había traído de regreso. O tal vez porque ya sabía lo que me tocaba hacer.

Anochecía cuando regresé al coche. Dormí dentro de él. Las incomodidades no importan ante los umbrales decisivos.

A primera hora de la mañana del día siguiente, lunes, conduje hasta la entrada del orfanato y pedí hablar con el director. Resultó ser una monja. Me ajusté la corbata antes de entrar a su despacho, y me presenté como militar que en el pasado había vivido en San Juan. La monja sonrió. Le agradó verificar que los huérfanos perdidos también pueden lograr ser felices. O al menos, parecerlo.

No fue difícil que aceptase mi historia, por otro lado cierta en casi todos sus puntos.

Conté que me hallaba en una buena situación económica, y que necesitaba contratar a una persona para ciertos trabajos en Madrid, relacionados con mi empresa de aeronáutica. La directora me dijo que una de las chicas, precisamente, llevaba algún tiempo hablando de su deseo de abandonar el orfanato, al que la trajeron durante la guerra, para iniciar otra vida en alguna capital que perfectamente podía ser Madrid. Esa joven, me explicó la monja, poseía cierta suma a su nombre, pues el misterioso benefactor que la hizo traer al orfanato había aportado también una valiosa colección de sellos con instrucciones para que se vendiera cuando la muchacha alcanzara la mayoría de edad. No pude evitar sonreír para mí, orgulloso de don Manuel, emocionado. Tal vez el anciano tenía razón, y antes o después los actos de los hombres buenos son reconocidos en todo su valor, mientras que los canallas, aunque reinen temporalmente, acaban por merecer el desprecio unánime. La chica, continuó la monja, se llamaba Constanza Sanz: Constanza, porque era el nombre que venía escrito en una carta, junto al libro de sellos, su nombre legítimo y real; y Sanz porque ella misma lo había elegido en una ingenua ceremonia que en mi época, lo recordé en aquel despacho, también había sido oficia-

179

da para mí. Una monja de entonces, sor Ángela, nos permitía elegir a los huérfanos el apellido que quisiéramos, el que nos pareciera el más bonito del mundo, ya que nada más teníamos. Yo, no sabía muy bien por qué, había optado por Álvarez, que luego intercambiaría por Dechén, de la lista que me sugirieron; y Sanz era el apellido que había elegido tu hija, ignorando que su verdadero nombre era Constanza Cano Soto.

La joven, de treinta años, llevaba varios trabajando en el centro, ayudando en distintas actividades. Pero desde algún tiempo atrás había comenzado a mostrar el deseo de salir al mundo.

—Es una enorme casualidad que aparezca usted precisamente hoy —recalcó la monja.

—¿Ah, sí?

—Sí. Constanza fue ayer a Madrid con unos amigos. Quería conocer el barrio donde, al parecer, habían vivido sus padres.

—Ah... —traté de aparentar la máxima indiferencia posible.

—Su benefactor, el caballero que logró sacarla del Madrid rojo para traerla con nosotros, no quiso dar ningún dato, ni de él mismo ni de los posibles padres de Constanza. Pero el sacerdote huido que trajo a la niña lo conocía, y sí nos dijo cómo se llamaba, y dónde vivía. No sabía la casa exacta, pero sí la plaza, el entorno general. Consideré oportuno dar esos datos a Constanza cuando tuvo la mayoría de edad.

Asentí sin hacer el menor comentario. O sea que la aparición de Constanza por Atocha se debía a eso. Lo preferí, siempre me ha gustado constatar que las cosas tienen una razón lógica de ser.

—A todos les pasa, ¿verdad? —concluyó la monja con una sonrisa melancólica en el rostro—. El deseo de salir del hogar de la infancia, conocer mundo...

—A todos —apostillé yo, y me pregunté si la directora lo habría hecho también.

La nueva vida de tu hija empezó, gracias a todo aquello, dos semanas después.

Llegó a Madrid en el mismo autobús, por supuesto sin imaginar que el antiguo huérfano que la favorecía era el mismo hombre que casi se había desmayado al verla en una cafetería de Madrid. Oculté mi identidad por vergüenza. No quería mentir a tu hija. Y contarle toda la verdad sin que me despreciara era imposible.

Empezó así mi prodigiosa aventura emocional. Unas veces me parecía espeluznante y enloquecedora, y otras sublime, la entrada del desfiladero que conduce a la felicidad eterna.

Constanza Sanz fue contratada en las oficinas de la empresa de Cortés, donde yo tenía acciones e influencia. Fue una mujer afortunada, aunque ella ignoró siempre que su suerte venía dirigida por mí, desde las sombras. Su trabajo era bueno, estaba bien remunerado, y pudo encontrar un piso de alquiler en condiciones inmejorables porque yo lo puse en su camino. A veces la observaba a distancia cuando salía del trabajo, o cuando los fines de semana hacía la compra en el mercado; también cuando se reunía con los amigos que pronto comenzó a tener. Constanza era hermosa, simpática, podía llegar a ser feliz. Y yo, mientras, me preguntaba por mi relación con ella. ¿Cuidaba de tu hija o de ti? ¿La ayudaba honradamente o pagaba la deuda que creía tener contigo y con Ramiro? ¿Qué era yo? ¿Su padre, su hermano, su amigo? ¿La amaba? Todo eso era cierto de alguna forma; y todo, por ser cierto, hacía más acuciante y dolorosa mi soledad. Un padre puede alborozarse por los éxitos de su hija; yo celebraba los ascensos de Constanza, que previamente había propiciado, en la soledad de mi casa, desgarradamente consciente de que ella no tenía la menor idea de mi existencia ni de mis desvelos. Y, sin embargo, no podía dejar de cuidarla. Me alegré y me irrité al saber un día que se había echado novio, un buen chaval, mecánico de nuestras instalaciones en el aeropuerto. Fui feliz y desgraciado cuando se casó; me sentí generoso cuando le facilité el camino para que pudiera pagar la entrada de un piso, y mezquino porque elegí que ese piso estuviera cerca de mi casa.

Luis Cortés, por su parte, había seguido cambiando. No era, desde muchísimo tiempo atrás, el héroe que yo una vez admiré. Su deterioro moral era grande, y parecía haberse contagiado a su aspecto físico, avejentado y con algo de sobrepeso. Sin embargo, yo lo entendía; y, en parte, también lo compadecía. Cortés nunca fue un mal hombre, aunque las circunstancias le llevaran a cometer actos irracionales que acabaron por amargarle la vida. Jamás lo hablamos, pero supe siempre que sufría por haber matado a Ramiro; y sobre todo, que le atormentaba la convicción de que su bomba, y no otra, te había matado a ti. Tú eras su espectro malo, de la misma forma que eras el mío bueno. Cortés te odiaba tanto como te había amado. Y evidentemente, eso fue el origen de todo. ¿Cómo fui tan estúpido, sigo pensando ahora, para no haber buscado a tu hija un puesto de trabajo alejado de él, sabiendo como sabía que regularmente visitaba las oficinas? ¿Cómo cometí la imprudencia de no inventar algún subterfugio, por absurdo que sonara, para cambiarte el nombre?

—Esa chica me disgusta —me dijo Cortés un día que él y yo volvíamos de la oficina en su coche. En el acto supe que se refería a tu hija. En el acto supe que, como me había pasado a mí en el bar de Fermín, la había reconocido—. Me pone nervioso. Me disgusta, no me preguntes por qué. Que no me gusta, vamos. Voy a despedirla.

Callé, sombrío; y até cabos. Yo era el ángel protector

de tu hija. Era mi forma de pagarte, de pagar. Sin embargo para Cortés, que sufría sobre la conciencia el peso de tu muerte, Constanza Sanz era un regalo del infierno para atormentarle más la existencia. Y, de la misma forma que yo me había obsesionado con ayudar a tu hija, él se empeñó en hundirla. Lo peor, lo más terrible, era que lo hacía por la misma razón que yo:

Tu recuerdo, tu presencia. Tú.

Los despidió, primero a ella y luego a su marido. Los quería lejos, fuera de su vida. No pude oponerme a la decisión porque, en realidad, yo no dejaba de ser un simple empleado bien situado y dueño de algunas acciones de la empresa. Cortés, que por entonces estaba extraordinariamente susceptible sobre el asunto, habría sospechado si llego a defenderlos. ¿Sospechado qué? Tal vez debí de haberlo hecho, tal vez aquella cobardía fue otro acto indigno. Sin embargo, no podía enfrentarme a Cortés; jamás fui capaz. Así que me limité a observar con alarma y dolor la evolución de la pareja en su nueva vida de parados. Es duro ver tristeza donde antes hubo alegría. Los dos jóvenes conocieron la parte menos florida de la felicidad, empezaron a pasar apuros cuando se les acabaron los ahorros, supieron lo que eran las estrecheces. Yo, que conocía la situación, los veía en el mercado estirando su poco dinero, eligiendo entre comprar fruta o comprar leche, renunciando a unas cosas básicas para poder permitirse otras. Aunque, por supuesto, las letras del piso fueron enseguida el peor problema. Los impagos pronto provocarían el desahucio. ¿Y entonces? Constanza y su marido caminaban mucho, hablando y buscando soluciones sin encontrarlas. Yo los seguía, cavilando como ellos aunque sin compartir con nadie mis pensamientos; si acaso, contigo. A veces, a pesar de los problemas o precisamente por ellos, se cogían de la mano para darse fuerzas, lo que me emocionaba o entristecía, según los casos. Traté, claro, de conseguirles trabajo, como siempre sin darme a conocer. Mi afán de permanecer oculto no hacía sino dificultarlo todo, pues debía realizar agotadoras filigranas solo para concretar citas de trabajo que no llegaron a cuajar. Pensaba en ello todo el tiempo, obsesivamente: una solución, una solución, una solución...

Una mañana entré al bar de Fermín para desayunar, como todos los días. Me senté a una mesa para leer el periódico, Fermín me sirvió el café y las porras... Y entonces, inesperadamente, Constanza salió por la puerta del almacén, vestida con bata blanca y llevando un cubo y una fregona. Tuve que ver cómo empezaba a fregar el suelo para entender que se había empleado como señora de la limpieza. ¡Aquella mujer, tu hija...! Sentí admiración, veneración, amor. Era como tú: nada podía con ella. Indestructible, invencible, Constanza. El talento para la vida se tiene o no se tiene, y ella lo había heredado de ti. Pero además sentí pena y rabia: en ese mismo bar la había visto por primera vez, desde allí la había seguido hasta el orfanato, donde concebí la idea de regalarle una vida nueva, un futuro. Pues bien, aquí estaban esa vida y ese futuro. Si me hubiera mantenido aparte, tal vez ahora sería feliz en otro lugar... con su destino legítimo.

—¿Se le pasó?

La voz sonó a mi espalda. Era ella. No entendí a qué se refería, pero no podía ignorarla. Me volví, la miré en silencio, interrogándola con la mirada. Sonreía. A pesar de todo, Constanza sonreía.

—Usted no se acuerda de mí —continuó—. Pero yo sí de usted. Se desmayó aquí una vez, hará tres o cuatro años. Le sentamos en esta misma silla. ¿Se acuerda?

—Pues... ¡Ah, sí! —dije, por decir algo. Constanza recordaba el incidente, me recordaba a mí—. Es usted muy amable, qué memoria. Gracias.

Se encogió de hombros y siguió restregando la fregona por el suelo. No había pretendido establecer una conversación, solo saludarme, interesarse por mí. Su aprecio por la gente, por la vida, le surgía espontáneamente, como a ti.

No podía dejar pasar esa oportunidad. Tomé el café aparentando tranquilidad, aunque en realidad muy inquieto. Me puse en pie, pagué a Fermín y fui hacia la puerta, donde ella enjabonaba los cristales.

—Adiós —me dijo.

—Adiós —le dije yo. Di los dos pasos que había calculado dar y luego me detuve, como si me hubiera asaltado una idea repentina. Me giré hacia ella—. Por cierto, vivo aquí al lado y... Ya que la veo, se me ocurre que a lo mejor usted tiene alguna amiga que quiera venir a limpiar mi casa. Vivo solo, y soy un desastre.

—¿Amiga? ¡Yo misma! —dijo sin dudarlo.

Fingí desconcierto.

—Ah... usted... Bueno, sí. Si a usted no le importa...

—¿Importarme? Me viene de maravilla. Estoy pasando una mala racha. Mi marido no trabaja, y yo tampoco. Nos despidieron a los dos.

—¡Vaya! Lo siento. Pues si quiere empezar, por mí mañana mismo...

—Hoy, en cuanto salga de aquí —dijo entusiasmada. El nuevo trabajo, tan inesperado, contribuía a mejorar su dramática situación.

Le di la dirección y salí hacia mi casa. Subí las escaleras corriendo. Por entonces tenía contratada a una señora de la limpieza, eficacísima, que venía dos veces por semana, pero no podía dejar pasar esta oportunidad. La señora había estado la víspera y la casa estaba reluciente, así que me dediqué a manchar y desordenar para que Constanza tuviera todo el trabajo posible; cuanto más trabajara, más dinero podría darle. Un par de veces paré, sintiéndome

185

muy ridículo; pero me dije que era por ella, y volví a mi frenética tarea. Abrí los armarios y saqué las camisas recién planchadas, arrugándolas una por una y desperdigándolas sobre el sofá y la cama, que según la costumbre que tenía desde niño había hecho antes de salir y deshice cuidadosamente ahora; en la cocina rompí una taza, para que hubiera algo que barrer, y rasgué con un cuchillo la bolsa de basura, desparramando su contenido por el suelo como si se me acabara de romper fortuitamente. Me hizo feliz deshacer la casa para ella, y poder luego pagarle, aunque fuera lo poco que cobra una señora de la limpieza. La cifra, en todo caso, sería de gran ayuda al joven matrimonio, como más tarde me confesó Constanza. Su marido había conseguido un trabajo en el aeródromo de Cuatro Vientos, y con el sueldo que ella sacaba en el bar y en mi casa lograban acabar el mes, aunque aún tenían el grave problema de la letra del piso. ¡Cómo agradecí que sacara el tema a colación! Así pude preguntarle, interesarme hasta que me contó su agobio hipotecario. Y, por la misma, me ofrecí a hacerles un préstamo que cubriera esa cantidad mensual hasta que pudieran rehacer su economía. Constanza, para mi sorpresa, aceptó en el acto.

—No por mí, ni por mi marido —me explicó—. Ni por la casa. Acepto por el hijo que vamos a tener. No quiero que nazca en la calle. Si es niño —añadió camino de la puerta, con su invencible alegría vital— le pondremos Joaquín, en honor a usted.

Tu hija estaba embarazada de la que sería tu nieta. Era un día de 1972 ó 1973.

Cortés, por aquellos días, me presentó a un hombre rubio de bigotito fino y gafas con cristales ahumados. ¿Por qué pensé de inmediato en el sicario de abrigo negro que en noviembre del 36 escoltaba a Ramiro, transmitiendo la sensación de que en realidad era su guardián? El rubio de gafas ahumadas resultó ser un detective privado al que Cortés había contratado para saberlo todo sobre Constanza. No le bastaba haberla despedido. Quería sacarla de su entorno, expulsarla de Madrid, empujarla fuera del mundo. No soportaba la idea de encontrársela, tener cerca ese calco viviente de la mujer que había amado y matado. El detective averiguó que Constanza trabajaba de fregona en un bar y tenía que confirmar si lo hacía también en la casa particular de al lado, a cuyo portal entraba dos veces por semana. Cabía la posibilidad, dijo, de que en esa casa tuviera un amante. Antes o después me descubriría ante Cortés, quien con su locura se negaría a aceptar cualquier explicación por mi parte. Imaginaría conspiraciones en las que Constanza y yo seríamos cómplices, y él la víctima. Creería que mi relación con ella, celosamente ocultada por mi parte todo el tiempo, respondía a un plan contra su persona, cuya primera fase había consistido en introducirla de secretaria en la oficina. Para la paranoia de mi antiguo héroe, todo se explicaría y encajaría. Su nerviosismo aumentó cuando el detective le contó que, además, el marido de Constanza había encontrado trabajo en el aeródromo.

Estaba prevista para pocos días después una exhibición aérea benéfica en la que Cortés iba a participar, y para él estuvo claro: el marido de Constanza quería sabotear su avioneta, atentar contra su vida. Me dijo que tenía que defenderse, matar a su asesino antes de que este lo matara a él. Vi, mientras hablaba entre susurros, alterado y sudoroso, que creía ciegamente en el delirio que acababa de inventar. Me dio pena. Ese pobre hombre, malvado contra su voluntad, demente por la carga que su conciencia hacía crecer día a día en él, seguía siendo a pesar de todo mi capitán Cortés, el héroe que me enseñó a volar. Había degenerado hasta transformarse en el enfermo peligroso que delante de mí hablaba, totalmente en serio, de matar al marido de tu hija. Dejar a tu nieta sin padre, como ya hizo con tu hija durante la batalla de Madrid.

La historia iba a repetirse, y solo yo podía impedirlo.

Tú y cualquier otro lector de esta confesión me creerías si te dijera que Luis Cortés se mató en el accidente que tuvo lugar en aquella exhibición aérea. Para mí sería fácil echarle la culpa al destino, decir que por una vez nos favoreció regalándonos su muerte. Pero no quiero mentir. Por eso te digo que fui yo quien asesinó a Cortés. Saboteé su avión; paradójicamente, lo mismo que iba a hacer, según su delirio, el asesino que en realidad no era tal.

Pasé días insomnes, terribles, todo el tiempo al borde de la locura o de la renuncia a mis planes. Fue en uno de esos días cuando vi en televisión un suceso tan inesperado como prodigioso. Durante el informativo, mientras le daba vueltas a mi tremendo dilema, el locutor pronunció el nombre de Javier Álvarez. Miré instintivamente hacia la pantalla. Ese nombre tan corriente siempre captaba mi atención, pues era el mío verdadero, el que tantos años atrás, en la estación de autobuses de Ávila, cambié por el de Joaquín Dechén con su dueño legítimo, aquel huérfano que quería ser cura. El locutor hablaba del sacerdote español Javier Álvarez, de cincuenta y tres años; la misma edad que yo. ¿Sería él? Presté atención. Álvarez viajaba a América Latina para visitar distintos enclaves de misioneros españoles. Sonreía en las imágenes de la tele, y al verlo me arrepentí, por primera vez en mi vida, de aquel cambio de identidad. De no haberlo realizado, ahora sería el cura sonriente quien tuviese el problema de cometer un asesinato, y yo estaría subiéndome tranquilamente en el avión con destino a Buenos Aires.

En ese momento, empezó a sonar con insistencia aguda el timbre del portero automático. Me sobresalté, corrí a responder. Era Constanza. Chilló, angustiadísima, algo ininteligible. Abrí. Subió corriendo. Lloraba, gritaba. Tan extraño era que acudiera a mí, ella que siempre mantenía las distancias, que eché a correr escaleras abajo en su busca.

Nos topamos, casi chocamos, en el segundo, ante la puerta del antiguo piso de don Manuel. Constanza estaba alterada como nunca habría imaginado, desvalida y rota, embarazada de nueve meses, como lo estabas tú antes de...

La abracé, o se me abrazó ella. ¿Sería posible que no tuviese otros amigos? ¿O mi generosidad se había ganado de verdad su aprecio? Sentí esa emoción hermosa y plena, aunque no quise dejarme arrastrar por ella. Tal vez, simplemente, yo era la única persona que conocía cerca de su casa.

—¡Muerto...! ¡Muerto...! ¡Muerto...! —repitió sin cesar, temblando como una epiléptica, y solo al rato logré que me lo aclarara. Su marido había sufrido un accidente esa misma noche, apenas un rato antes, en su turno de la cadena de montaje.

Intenté que se tranquilizara, llamé a un médico amigo que a base de pastillas consiguió sedarla. A media noche, dormía tumbada sobre mi cama mientras yo, bajo la ventana que había visto pasar los momentos cruciales de mi vida, me enfrentaba a la única decisión posible: matar a Cortés, al patético y enloquecido Cortés, al atormentado Cortés para que su demencia no le llevase a matar a tu hija. Acaricié, en la pared, la zona de papel pintado bajo la cual seguía escrita una fecha y el nombre de la mujer embarazada y amenazada de muerte que reposaba en mi cama, ajena a mi viejo pacto de honor, o a mi obsesión enfermiza. Rememoré la escena de tanto tiempo atrás, y te sentí ahí, a mi lado; te vi exigiendo a Ramiro el juramento que tú también hiciste. «Nuestra hija estará siempre a salvo»... Unas pocas horas después, los dos estabais muertos, imposibilitados para cumplir vuestra palabra. Pero yo seguía aquí, bajo la ventana...

Cortés, puesto que se trataba de una causa benéfica, había prometido realizar su famoso Trompo. Y yo, en honor de los viejos tiempos y para solidarizarme con su generosa actuación, me ofrecí a revisar personalmente su avioneta. Le emocionó el detalle; y a mí también me habría emocionado de no ser porque me hallaba concentrado en el sabotaje. Previamente a ello, había investigado la muerte del marido de Constanza. Lo terrible, lo cruel del asunto, era que podía haber sido de verdad un accidente; un accidente extraño, injustificable... pero posible. Asumí, por tanto, que asesinaba a mi antiguo amigo sobre una duda razonable, y no sobre la evidencia absoluta. Y mientras desajustaba el motor para que fuese incapaz de salir de la vertical una vez iniciado el Trompo, me vi ingresando en un terrible círculo: el de los hombres que matan a quienes fueron sus amigos. Ramiro a Javier, Cortés a Ramiro, yo a Cortés...

Como si hubiera captado mis pensamientos, Cortés apareció a mi lado. El sol lucía ya fuera del hangar, el público en las gradas esperaba la exhibición. Cortés llevaba su viejo casco de cuero. Me puse en pie, él se acercó, pasó la mano sobre el fuselaje del avión, lo rodeó acariciándolo largamente, sin prisas, como si fuera la espalda de la mujer amada. Yo lo observaba con el cuerpo tenso, temiendo que pudiera sospechar. ¿Y si el detective le había dicho ya que Constanza acudía a mi casa? ¿Y si lo había sabido siempre, y me lo había ocultado para observar mis reacciones?

—He tenido una mala vida, Joaquín —dijo de pronto; muy despacio, con melancolía. Sentí que era el viejo Cortés, el del principio, el de siempre, el de antes de todo. Era sincero. Hablaba con el corazón. Yo también lo hice:

—¿Mala vida, Luis? Lo has conseguido todo...

—Qué va... Qué va... —susurró; finalizó su recorrido y se halló de nuevo ante mí— ¡Todo! Qué palabra más estúpida, ¿no te parece?

No esperaba una respuesta. Me miró a los ojos. Y de pronto dijo:

—Todos los aviadores deberíamos morir volando. Al menos, los que somos como tú y yo.

—¿Y cómo somos tú y yo?

—No nos gusta esto —y golpeó dos veces con el tacón el suelo—. Solo estamos bien ahí —elevó los ojos hacia el cielo—. Así somos tú y yo.

Seguimos mirándonos a los ojos. Otro instante largo, interminable. Nos escrutábamos, creo que sabíamos lo que pensaba el otro, lo que sentía. Cortés amagó una leve sonrisa.

—Adiós, amigo —dijo. Y me abrazó.

Le correspondí con toda sinceridad. En aquel momento, no sé cómo, durante un instante, solo durante un instante, Cortés volvió a ser el héroe que me había enseñado a volar; y yo el chaval ilusionado, inocente, que tanto había aprendido de él. Me emocionó nuestro abrazo, nos emocionó a los dos. Al final, todos somos niños que un día tendremos que partir.

Cortés subió a la avioneta, encendió el motor y, cuando arrancó camino de la pista, alzó el pulgar igual que había hecho cuarenta años atrás, la primera vez.

—¡Me voy, Joaquín! —gritó antes de cerrar la ventanilla—. ¡Cielo arriba!

—Cielo arriba... —musité. Le devolví el saludo, lo seguí con la vista mientras abandonaba el hangar.

Enfiló la pista y despegó.

Por la puerta de atrás, fui caminando hacia mi coche sin volver la vista. Abandonaba las instalaciones del aeródromo cuando el viento trajo hasta mí un grito único de voces aterrorizadas. Luego, la explosión. Tampoco entonces miré atrás. Adiós, Luis. Gracias por enseñarme a volar.

¿Soledad, locura o una mezcla de ambas?

No cabe duda de que Cortés, después de muerto, colaboró a mi confusión. Logró desconcertarme cuando supe que, si bien todas sus empresas e inmuebles pasaban a su viuda y a su hijo Paco, a mí me había dejado en herencia algo que nunca me había dicho que poseyera: un pequeño aeródromo levantado en un terreno de su propiedad, con dos avionetas y un hangar que contenía un museo inesperado; en él se hallaban, en buenas condiciones de mantenimiento, como las joyas que realmente eran, dos aviones de la guerra civil: un A1-15, igual al «chato» que pilotaba Ramiro cuando fue derribado, y el Fiat, el mismo caza que durante toda la guerra pilotó Cortés. Nadie de su familia ni de sus allegados sabía que poseía este pequeño tesoro, y pensé que me lo había dejado a mí porque creyó que era el único que podía entender su significado, y amarlo y cuidarlo como se merecía.

Mi vida y la de tu hija cambiaron radicalmente a partir de aquellos dos terribles sucesos: la muerte de su marido, que hasta hoy ha continuado siendo para mí un misterio, con un pie en el posible accidente y otro en el posible asesinato, y la muerte de Cortés. Yo lo maté, es cierto; pero por esa tendencia de los seres humanos a eludir o disculpar las atrocidades que cometemos, llegué a creerme que Cortés halló descanso en la muerte, y que en sus últimos minutos, con sus últimas palabras, me estaba en realidad agradeciendo que le empujara a dar el paso que él no se atrevía a dar.

Constanza dio a luz a tu nieta bajo el trauma de la muerte de su marido, apenas tres semanas después. Un día de octubre de 1973 nació la pequeña, que también fue bautizada con el nombre de Constanza. Me sentí extrañamente contento. Las circunstancias habían propiciado que mi protección sobre tu hija, y ahora sobre tu nieta, saliera a la luz sin traumas, adquiriera rango de legitimidad. A nadie le extrañó, en el barrio o entre mis conocidos, que me ocupara de la pobre viuda, y ella misma lo aceptó con naturalidad, consciente de que sola y con una niña pequeña no podía salir adelante. Siguieron viviendo en su casa, claro, pero les pasaba una asignación mensual y me encargaba de que no les faltara de nada. En ocasiones, cuando por la calle nos confundían con un matrimonio paseando a su hija, mi corazón bullía, secretamente feliz. Alguna vez, mi ingenuidad o ciertos momentos de especial emotividad, como las navidades que pasábamos juntos, me hicieron concebir, lo reconozco, la idea de pedirle que se casara conmigo. Ocurría sobre todo cuando me la quedaba mirando sin que ella lo advirtiera. ¡Tan parecida a ti...! Se diría que eras tú, milagrosamente salvada del paso del tiempo, inmortalmente hermosa. Pero la cordura, claro, se imponía enseguida.

Cuando la pequeña Constanza Rodríguez Sanz cumplió un año, su madre consideró llegado el momento de buscar una salida a la situación en la que los tres vivíamos. Buscar trabajo, independizarse de mí. Era lógico, no podíamos seguir así indefinidamente. Yo la escuché en silencio, comprensivo con sus razones. Pero, apenas nos separamos dediqué el resto de la tarde y de la noche a buscar una fórmula para que no se marchara. Y la hallé en el viejo y raquítico museo de Cortés.

—¿Asociarnos tú y yo? —exclamó Constanza cuando le conté la idea—. ¿Un museo del aire que sea a la vez empresa de aerotaxi?¿Y por qué no también academia taurina?

Me miró con los ojos muy abiertos, como si me hubiera vuelto loco de atar. Ella no sabía nada de aviones, ni siquiera había volado nunca en un simple vuelo comercial.

—Yo pilotaría y tú llevarías la parte administrativa —le dije muy convencido; y mentí un poco—. Llevo años pensándolo, y si no lo he hecho antes es porque no encontraba el momento.

—Pero, pero, pero... —Constanza, encogida de hombros, veía tantos impedimentos que no sabía cuál exponer primero—. ¿Y tu carrera militar? Eres comandante.

—Ya no. Lo he dejado. Esta mañana. Estaba harto —esto sí era cierto. La dimisión, la renuncia total que presenté en el ministerio y que tanto sorprendió a la superioridad, me pareció una forma de no poder echar marcha atrás. Quemar las naves.

—Pero, pero, pero...

—Te propongo una cosa —la interrumpí—. Que decida la niña.

La pequeña Constanza estaba en su cuna, plácidamente dormida. Su madre me miró estupefacta; ya no le cabía duda de que había perdido la razón.

—¿La niña? ¿Cómo?

Fuimos en coche hasta nuestro pequeño aeródromo, situado dentro de otras instalaciones aéreas más espaciosas cerca de Cuatro Vientos. Ante el hangar, y aunque se empeñaba aún en disimularlo, Constanza sonrió levemente; creo que por un instante le hizo ilusión la idea; o le gustó el cartel que había mandado instalar a primera hora: «Avionetas Atocha». El mismo nombre que imaginaste para la empresa en la que habríais trabajado juntos Luis, Ramiro y tú. «Avionetas Atocha», el nombre del sueño.

Saqué del hangar la avioneta que había dejado lista la víspera, cuando concebí el plan. Invité a Constanza montar con la niña. Dudó, poniendo en la balanza su recelo a un lado y la confianza en mí al otro, y acabó por subir.

Era un día soleado, hermosísimo, y me esmeré en despegar con suavidad, con elegancia. Regalar la capacidad de volar, dar alas a quien amas, es la sensación más grande del mundo, y la disfruté aquel día sintiéndome merecidamente orgulloso. Cada poco miraba a tu hija de reojo, y la veía segura y fascinada, feliz en su primer vuelo, sin miedo al cielo, digna heredera de ti y de su padre. Constanza no había volado nunca, pero había volado siempre.

—Y ahora —le dije—. Vamos a ver qué decide la niña.

La pequeña estaba despierta y tranquila en brazos de su madre, que me interrogó con la mirada.

—Este es el trato. Si lo que voy a hacer no le gusta, no hay museo ni aerotaxi; pero si le gusta, sí lo hay. ¿De acuerdo? —y tendí expresivamente la mano hacia tu hija.

Ella la estrechó.

—De acuerdo.

—¡Agárrate!

Aceleré hacia el azul. Poco a poco, cariñosamente, fui tirando hacia mí de los mandos. El morro de la avioneta se elevó, enseguida desaparecieron los colores del suelo, y solo hubo delante cielo azul e inmensidad sin formas. Es muy distinto hacer el Trompo como pasajero que como piloto. En mi primera vez, Cortés controlaba con absoluta serenidad y yo gritaba fascinado y feliz, eufórico de vivir. En esta ocasión, era yo el que realizaba la pirueta con tranquilidad, más atento a las reacciones de tu hija y de tu nieta que a otra cosa. Cuando alcanzamos la vertical Constanza, sin dejar de apretar fuertemente a la niña, empezó a gritar. Un chillido de fuerza y alegría, ajeno al miedo. Me reí a carcajadas, satisfecho de verla tan contenta. Ambos miramos a la niña, que abría desmesuradamente los ojos sin expresar temor alguno. Se sentía por completo confiada en manos de su madre, y solo cuando nos pusimos boca abajo movió la cabeza a un lado y a otro, sorprendida de lo raro y móvil que podía ser el mundo. Hay un punto del Trompo, cuando se enfila la recuperación de la horizontal, en que hasta el más experimentado necesita soltar adrenalina chillando. Grité sin remedio, eufórico, y en respuesta Constanza gritó aún más. La niña extendió las manitas en un intento instintivo de frenar, y eso nos hizo reír desaforadamente a los dos. La pequeña Constanza se contagió de nuestra histeria. Empezó a su vez a reír, lo que nos inyectó nueva alegría, más alegría, invencible alegría.

Durante aquel largo instante, tu hija y yo fuimos incapaces de controlar nuestra felicidad. Y probablemente la niña había sentido lo mismo.

Pude creer que éramos una familia, que lo habíamos sido desde el principio y lo seríamos para siempre. Desde aquél momento de plenitud, todo lo acontecido parece un largo día único, fundido en sí mismo, que languidece solitario hacia las brumas de su anochecer. Qué corta la vida, Constanza, cuando se contempla desde el final. Qué inquietud partir, como me corresponde en cuanto acabe de escribir. Cielo arriba, como decía Cortés...

«Avionetas Atocha» se inauguró a principios del año 1974, y nunca tuvo éxito. Tu hija, que llevaba las cuentas, lo supo ver enseguida y pronto mostró su inquietud. Pero yo la engañaba; le decía que era cuestión de tiempo que el negocio funcionase, y que mientras tenía capital de sobra para mantenerlo sin problemas; no era cierto: aparte del retiro, nunca había sido buen negociante como Cortés, y mis escasas propiedades se las fue tragando el ruinoso negocio. A esas alturas ya dudaba sobre mis razones para mantener cerca de mí, a toda costa, a las dos Constanzas: ¿lo hacía para protegerlas? ¿Por fidelidad a tu fantasma? ¿O para no quedarme solo?

Fuese como fuese, aquella ilusión de familia no podía durar. Un día de algunos años después, tu hija, como siempre temí, conoció a otro hombre. La inercia de la naturaleza actúa casi siempre con eficacia.

El noviazgo prosperó, y la nueva pareja decidió al poco tiempo convivir en la misma casa, aunque tímidamente, con cautela, sin promesas eternas de amor. Buscaron un piso lejos, en el emergente barrio de San José de Valderas; Constanza solo quería alejar los recuerdos tristes acumulados en su anterior hogar, pero no pude evitar sentir que lo hacía también por alejarse de mí, esa presencia inclasificable que no era exactamente un abuelo, ni un pretendiente, ni un amigo. Por supuesto, cerramos la empresa. Finiquitamos nuestra relación legal; pero en secreto mantuve a nombre de la niña el pequeño aeródromo, que a partir de entonces pasaría a convertirse en refugio de mis sentimientos; la segunda casa de mi pequeño corazón abandonado.

Dediqué muchas horas a poner a punto los dos aviones, tan viejos y solitarios como yo. A veces, pasaban días sin que apareciera por casa. Instalé un catre y algunas cosas en las oficinas junto a las pistas de aterrizaje y permanecía allí, con mis aviones, alimentando la fama de viejo estrambótico entre los demás pilotos y mecánicos. En ocasiones sacaba a rodar por la pista, sin decidirme a ponerlos en el aire, los viejos aparatos del 36. Sentado a los mandos del Fiat, rememoraba a Cortés, indagaba sobre los sueños que alimentó en ese mismo asiento, antes de que todo se le torciera dramáticamente; en el «chato» me sentía Ramiro, el hombre que logró el tesoro de tu amor. Una mañana concebí la idea de probar ambos aviones, de hacerlos volar de nuevo. La gente podía sentirse atraída por un viejo espectáculo de la guerra, con aviones de verdad, del estilo de esos que hacen en el poblado del Oeste de Almería. Pero lo deseché sin intentarlo. Me sentía cansado, solo, vencido.

Y así fui tirando. Envejecí, empecé a sentir achaques físicos, yo que siempre había disfrutado de magnífica salud. Vi la cara de la vejez, la sentí. Se vino a vivir conmigo. Languidecí en la década de los ochenta. Languidecí en la década de los noventa. Y cuando vino el nuevo siglo, me dispuse a languidecer también.

Tu hija siempre siguió apreciándome, me quería por todo lo que había hecho por ella. Debes saber que al final de mi vida fue generosa conmigo. Solo tenía que haber desaparecido, yo lo habría entendido; pero no lo hizo. Me visitaba con cierta regularidad. Para mí su llegada era motivo de nerviosismo porque me permitía ser testigo de aquello que contigo no pude disfrutar: el tránsito a la edad madura. Al ver hacerse mayor a tu hija, sentía que te veía a ti. Era como si, en parte, la vida te devolviera aquello que te quitó: tiempo, tu derecho a perder la lozanía, a ver tu pelo encanecer...

Constanza Sanz, tu hija, murió de un derrame cerebral el dieciséis de agosto de 2002. Tu nieta, la tercera Constanza, fue quien me llamó para decírmelo. Mi número estaba en la agenda de su madre, y tuvo la amabilidad de informarme. También me dijo que el hombre con quien su madre se había ido a vivir las había abandonado años atrás. Madre e hija habían vivido solas desde entonces. ¿Por qué no me lo había dicho? Podríamos haber regresado a nuestra anterior vida juntos, podríamos haber... ¿Haber qué? Ella misma entendió, como de hecho entendía yo aunque me resistiera a ello, que nuestra anómala familia no iba a parte alguna. Constanza Sanz eligió luchar sola. Toda su vida limpió casas para sacar adelante a su hija. En su entierro, cuando daban tierra al cuerpo, volví a ver el espíritu maldito, negro, de la guerra: destruyó los sueños de una generación y mantuvo aplastados los de la siguiente. Observé la ceremonia a prudente distancia, ciertamente alterado. Además del cura había seis o siete asistentes, vecinos o conocidos. Y delante de todos ellos, de espaldas a mí, sola ante la tumba, con la cabeza gacha, reflexiva, una silueta: su hija, tu nieta. Constanza.

El destino, o lo que quiera que sea, te traía por tercera vez a mi vida. ¿Eras un fantasma que volvía, que volvería siempre? ¿Cuál era mi condena?

Uno por uno, los vecinos se acercaron a la silueta para darle el pésame, y luego se marcharon. La tercera Constanza quedó sola, a veinte pasos de mí. Cuando los empleados del cementerio sellaron la tumba, me acerqué a ella. Tal vez es cierto que todo se repite, que todo nace para volver a ser. Puse la mano sobre su hombro, se volvió. Sentí el mismo vértigo que años antes en el bar de Fermín, cuando vi a la madre de la joven que ahora tenía delante. ¡Era idéntica a ella! ¡Idéntica a ti! Otra vez joven ante mí, otra vez hermosa, otra vez con toda la vida por delante y otra vez sola, desvalida... Siempre me he preguntado qué sentiría aquella mujer joven cuando el anciano decrépito que yo era le dijo que había sido un antiguo socio de su madre, y que ahora a ella, por herencia natural, le correspondía ser la dueña, a medias conmigo, de una pequeña empresa de avionetas. Fue muy educada, no dijo nada durante varios segundos, ni exteriorizó dudas sobre mi salud mental. Me miró perpleja. Luego comenzó a caminar hacia la salida, girándose para mirarme cada poco. Me sentí invitado a seguirla.

En la reja de la entrada se detuvo. Entonces supe que todo el trayecto desde la tumba había estado meditando las palabras que iba a decirme:

—Cuando yo era bebé me subieron a pasear en avioneta, mi madre me lo contaba a menudo. Pilotaba un amigo suyo, alguien a quien quería y respetaba mucho. Por lo visto, en vez de echarme a llorar me reí. Mi madre decía que me vio feliz.

Hube de esforzarme para contener la emoción por sus palabras. Por un momento, sentí que la juventud regresaba a mi cuerpo. Callé, esperé.

—Y ahora —continuó ella— me viene usted con esto. Dígame, ¿sabe algo de lo que acabo de contarle? ¿Era usted aquel piloto?

Afrontar la verdad era afrontar un río de palabras, de frases, de historias. Era contar demasiadas cosas, la mayoría muy dolorosas.

—No —respondí sencillamente; y luego, para que no sospechara de la seca gravedad de mi respuesta, cambié de tono—. Sería alguno de los pilotos que teníamos contratados. Por aquella época éramos bastante prósperos. Pero eso que me cuentas es un magnífico presagio. Lo normal es que un bebé llore al subir a un avión. Si tú reíste, es que has nacido para esto.

—¿Me está tomando el pelo? ¿Con lo de la herencia, y todo eso?

—No —dije otra vez, todo lo serio que pude—. Y te lo voy a demostrar. ¿Tienes trabajo?

Puso cara de fastidio.

—Sí, en una empresa de venta por teléfono.

—Te enseñaré a pilotar. Si aceptas, empezamos mañana. ¿De acuerdo? —extendí la mano hacia ella. Había hecho ese gesto contigo, con tu hija; ahora lo repetía con tu nieta.

—¿Pilotar un avión? —dijo sin poder evitar una sonrisa de satisfacción; a la vez no se lo creía.

—Avión no, avioneta.

—¿Y por qué no?

Y me estrechó la mano. Tu mano resucitada, tus dedos.

Enseñé a pilotar a tu nieta. Era buena, muy buena. Lo es. De ella hay que hablar en presente, no como de ti y de mí. Acumula ya muchas horas de vuelo. Le he propuesto inaugurar la empresa, abrirla al público, el siete de noviembre, como homenaje a su madre, que nació ese día. No sospecha que en realidad mi homenaje va mucho más allá y se extiende en el tiempo. No le he hablado de ti, ni de la guerra. Ignoro qué cosas le contó su madre y cuáles no y siempre me he mostrado como un amigo que no lo sabía todo sobre su pasado.

El mismo día que empezamos sus clases de vuelo, me puse también a escribir mi historia. Quiero que algún día la conozca, que sepa gracias a qué, y a quienes, su destino es volar. Mi plan, por otro lado, está perfectamente definido. He vendido la buhardilla al hijo de Cortés. Es constructor, y siempre ha suspirado por ella. Ahora podrá por fin tirar vuestra casa, la tuya y de Ramiro, la casa de don Manuel y mi buhardilla, y hacer apartamentos modernos junto a la estación de Atocha. Pondré ese dinero a nombre de tu nieta, lo sabrá solo cuando me haya ido. Necesitará ese remanente para salir adelante, y es la mejor utilidad que puedo dar a mi patrimonio.

Tengo seguridad, tanta como duda. Y dudo, claro, por el miedo instintivo ante la muerte que conscientemente voy a buscar. Escribo, y cada palabra me aproxima a mi final.

Una noche, la duda más intensa se apoderó de mí. ¿Y si lo replanteaba todo? ¿Y si sentaba a tu nieta, le daba este manuscrito para que lo leyera y luego me quedaba ante ella, esperando su primera palabra? Entonces volvió a surgir del televisor, que en ese momento tenía encendido, otro suceso prodigioso.

En algún lugar de África, pocos días antes, había sido asesinado por los paramilitares un anciano cura español llamado Javier Álvarez. Un hombre, señaló el locutor, que veinte años atrás, a raíz de un viaje a América Latina que convulsionó su conciencia, había renunciado a su brillante carrera dentro de la iglesia para ponerse en la primera línea del verdadero frente, como le gustaba decir. Pusieron su foto en la pantalla. Un cura muy delgado, calvo, con barba blanca, sonriente. ¿Yo, mi verdadero destino? Me reí, hacía tiempo que no me reía. Me serví una copa de vino y brindé con Javier Álvarez. ¿Habría contado a alguien, a lo largo de su vida, que en realidad se llamaba Joaquín Dechén? Fuésemos quienes fuésemos, antes o después de cambiar de identidad, parecía decidido que aquellos dos niños que cambiaron sus papeles en un autobús cerca de Ávila, en el verano de 1936, debían morir en este noviembre de 2004. Me habría gustado confortar a Javier en su muerte, igual que él me estaba confortando a mí.

«Adiós, padre Javier. Suerte en tu último viaje».

Pronto subiré por última vez a un avión. No te preocupes, no estrellaré ninguno de los que son ya de tu nieta. Tomaré prestado alguna avioneta que tenga un buen seguro. Lo aprendí de ti: mejor no hacer nunca daño a nadie.

Adiós, Constanza. O hasta luego. Me da valor saber que pronto volaré hacia ti.

Cielo arriba

Gracias.

La palabra resonó serena en la oscuridad.

Abrí los ojos, la luz inundaba la buhardilla. Me había quedado dormido. Era ya el día. Siete de noviembre por la mañana.

Constanza estaba ante mí, sonriente. Me sacudía levemente el hombro.

—Gracias —repitió—. Quería darte las gracias antes de irme.

Inspiré profundamente, volviendo a cerrar los ojos. Me desperecé con todas mis fuerzas. Había acabado de leer a mitad de la noche; Constanza seguía enfrascada en el libro verde. Y así, observándola leer absorta, recostada de lado sobre la cama, debí de quedarme dormido en la butaca.

Me acercó una taza de café. Ella sostenía otra en la mano. Eran recipientes de distintas clases, típico de alguien desordenado que vive solo, como Dechén o como yo. Me tocó un tazón con asa, probablemente para sopa, color salmón; a ella, una taza de plástico que parecía la tapadera de un termo. Pero el café estaba bueno, caliente y fuerte, y compartir ese momento con Constanza resultaba extrañamente agradable; me vino a la cabeza la expresión que había usado Dechén en algún momento de su libro: Constanza paraba el tiempo. Su nieta, al parecer, también.

Acercó una silla hasta mí, se sentó enfrente. Hundió la cabeza entre los hombros, bebió un sorbo. Parecía cavilar, o tal vez simplemente reflexionaba sobre lo que había leído, sin importarle que yo fuera testigo de sus pensamientos.

Entonces me ocurrió algo extraordinario, mágico, asombroso: Constanza y yo empezamos a hablar en silencio, con nuestras mentes en una sintonía que parecía sobrenatural pero era efectiva, real. Nos mirábamos y, al mirarnos, reconocíamos la historia completa de Dechén en los ojos del otro, como un libro abierto. El libro que habíamos leído, y que los dos sabíamos que el otro había leído, nos comunicaba como si fuéramos una sola persona, un solo objetivo, una sola intención.

Tomamos el café sin prisa. El silencio no nos incomodaba; al contrario, lo disfrutábamos como en esos raros momentos de soledad puntual en que uno se encuentra a gusto consigo mismo. Pesaba en ambos el drama humano de Dechén, el laberíntico camino de Constanza hasta este siete de noviembre, final del círculo que se representaba y resumía en el texto de la pared... *Constanza 7/11/36*, palabras sin las que yo nunca habría conocido a la Constanza que tenía enfrente, ni oído hablar de las dos anteriores que habían recorrido un largo camino para situarla a ella ante el paso decisivo de su vida.

Constanza acabó su café y se puso en pie. Fue la señal. Di el último sorbo. De camino hacia la salida, depositamos en el fregadero el tazón salmón y la taza de plástico.

Ella llevaba el libro y el vídeo. Yo, el paquetito cuadrado con su regalo en el bolsillo. Bajamos las escaleras, salimos a la calle, en el Paseo de las Delicias tomamos un taxi.

—Hacia Cuatro Vientos —dije yo.

Constanza se inclinó hacia delante para dar al taxista la dirección exacta del aeródromo. Fue todo lo que dijo durante el trayecto, todo lo que dijimos. Yo no sabía muy bien por qué iba con ella; solo sabía que no habría dejado de hacerlo por nada.

Durante el viaje, Constanza abrió un par de veces el libro verde y volvió a leer algunos pasajes, como un colegial repasando las materias antes del examen. Su mirada se detuvo sobre algunos párrafos concretos, entristecida. Pero no era tiempo de pena sino de resolución. Ya lloraría a Dechén luego. Además, Dechén no querría verla llorar.

Nos apeamos. Invertí en pagar el taxi casi todo el dinero que llevaba encima.

Constanza abrió la puerta de «Avionetas Atocha» con su llave. Se accedía por una escalera estrecha a la planta superior, donde había dos espacios separados por un mostrador: a un lado, la oficina; al otro la sala de espera, decorada con maquetas de aviones y fotografías de aviadores. Enmarcada en un lugar especial, podía verse una vieja foto recortada de un periódico, amarillenta y muy ajada: la imagen del *Plus Ultra* que Dechén llevaba consigo como único patrimonio cuando dejó el orfanato y salió a la vida, setenta años atrás.

Una ventana de la oficina daba a un hangar. Allí estaban las avionetas de alquiler y un poco más allá, bajo lonas protectoras, las formas de dos aviones que solo podían ser el caza de Cortés y el mismo modelo de «chato» en el que Ramiro se mató.

Constanza suspiró y dijo resueltamente:

—Voy a acabar de reparar esos dos viejos aviones. Haré la representación que se le ocurrió a Joaquín, un espectáculo aéreo, como ese del poblado del Oeste.

Sacó de un armario el cartel que anunciaba la apertura de «Avionetas Atocha». Informaba sobre las tarifas, horarios, etc. «Hoy, siete de noviembre... Inauguración».

Salió a la calle, la seguí, la ayudé a colgar el cartel ante la puerta.

Nos apartamos unos metros para contemplarlo. Me pareció que era el momento de sacar el paquetito cuadrado. Se lo entregué. Advertí un destello de emoción en sus ojos. Era un regalo que Dechén le había preparado con sus propias manos. Lo cogió con mimo, lo volteó, estudiándolo por arriba y por abajo.

Por fin lo abrió. Era un pequeño bote de cristal transparente. Para mi sorpresa, estaba vacío

Constanza sonrió por mi estupefacción. Me hizo un guiño y elevó los ojos al cielo.

—Aire de aviador —dijo escuetamente—. Me lo contó el día de la primera clase, cuando me dejó coger los mandos. En su época, los aviadores regalaban aire de aviador a sus novias, en vez de ramos de flores. Como en muchos aviones las cabinas no tenían cristales, era fácil recogerlo del cielo. Me pareció un poco cursi... —concluyó. Pero se guardó el bote de cristal en el bolsillo, igual que Dechén, curiosamente pudoroso en este punto, se había guardado para sí esta explicación, si hacer referencia a ella en sus memorias. Lo imaginé recogiendo aire de aviador para la primera Constanza y para la segunda Constanza, y no atreviéndose a dárselo a ninguna de las dos.

Constanza fue hacia el centro de la pista y se quedó allí parada, de espaldas a mí. Creo que el aire de aviador la había emocionado, pero no quería exteriorizarlo.

Allí quieta, sola, fustigada por el viento, parecía más frágil y pequeña; o más valiente y admirable.

Me acerqué contando el dinero, solo monedas, que me quedaba del taxi.

—Ejem, ejem... —carraspeé; se volvió—. ¿Es aquí donde alquilan avionetas? Me gustaría dar una vuelta. Voy a escribir un libro sobre aviadores durante la batalla de Madrid, y quiero saber qué se siente volando.

Mi aire dubitativo, torpe, la hizo sonreír.

—Sesenta euros por media hora.

—Me quedan... tres euros.

Los cogió.

—Tres euros por media hora. De acuerdo. No se lo diré a mi jefe.

Fuimos, siguiendo la broma, hacia la avioneta. Pero cuando subimos a ella la expresión de Constanza cambió. Iba a ser el primer vuelo de su empresa, de su nueva vida.

Constanza introdujo la llave de contacto. Iba a encender el motor cuando surgió, lejana en el horizonte, una avioneta surcando el cielo. Constanza clavó los ojos sobre ella, yo también. La avioneta cruzaba nuestro ángulo de visión de izquierda a derecha, y a mitad de camino, justo cuando estaba frente a nosotros, como si lo hubiera medido, comenzó a soltar por la cola humo blanco. Nos sobrecogimos. Nuestra sintonía lo imaginó a la vez: la avioneta iba a ejecutar el Trompo, y a escribir sobre el cielo, una a una, las letras que componían el nombre de Constanza. Tal vez Dechén había abandonado por un instante la muerte para venir a dar ánimo a Constanza; tal vez Ramiro y Cortés, inocentes al fin en la paz infinita de la nada, eran sus copilotos.

La avioneta cruzó ante nosotros y desapareció de nuestra vista. La estela de humo blanco se extendió por el aire hasta disolverse.

—Una avioneta de fumigación. La deben de estar probando... —dijo Constanza. Estaba seguro de que había sentido lo mismo que yo.

Encendió el motor.

—Sería bonito volar sobre Atocha —le dije—, sobre la buhardilla.

—Hace falta un permiso especial para sobrevolar Madrid.

—De todas formas, acabaré así mi libro. ¿Qué opinas? Tú y yo, sobre la buhardilla de Atocha.

Y sobre el lugar donde murió la primera Constanza, pensé; y Ramiro, y don Manuel. El lugar donde Dechén vivió siempre, preso de una lealtad enfermiza que fue su condena y su vida, pero gracias a la cual Constanza iba a volar ahora hacia un sueño que se ramificaba hacia atrás en el tiempo. «Avionetas Atocha» era el sueño de las tres Constanzas, aunque solo una de ellas fuese a vivirlo.

Estaba decidido a convertir la historia de Dechén en un libro, una novela. La empezaría con esas palabras sin rumbo, encerradas tanto tiempo en un cajón sin lugar donde ir:

«Los sueños son de agua. Flotas en ellos pero no los puedes agarrar».

Sí, pensé: contaré la historia de Joaquín Dechén aunque los sueños sean de agua. O precisamente por ello.

¿Y terminarla? ¿Cómo la terminaría? Las novelas permiten a veces saltarse las prohibiciones. Tal vez la concluyese con nosotros dos sobrevolando Madrid, aunque no dispusiéramos de ese permiso especial. Ver la buhardilla desde el aire, el tejado al que Dechén se asomó una noche de 1936 para enviar señales a Cortés, que aguardaba atento y enamorado en ese mismo cielo desde el que nosotros contemplaríamos la escena. Imaginar que siguen allí los espíritus de Constanza y de

Ramiro, de don Manuel, que las palabras trazadas en la pared, *Constanza, 7/11/36,* permanecen inamovibles, finalmente victoriosas.

Pero cuando pensaba en todas esas opciones, Constanza enfiló la pista. Y supe, al ver su decisión y su sonrisa enigmática, la mirada al frente y las manos agarrando los mandos con firmeza y suavidad a la vez, como le enseñó Dechén, que ese, y no otro, debía ser el final.

Constanza, nieta de Constanza e hija de Constanza, a punto de alzar el vuelo. Resuelta a subir hasta lo más alto para desde allí contemplar a sus pies, dueña al fin de su vida, el cielo abajo.

Índice

FERNANDO MARÍAS

Fernando Marías (Bilbao, 1958) ha escrito las novelas *La Luz Prodigiosa* (Premio Ciudad de Barbastro 1991), *Esta noche moriré* y *El Niño de los coroneles* (Premio Nadal 2001), así como el libro de relatos *Páginas ocultas de la historia*, junto a Juan Bas, adaptación de los guiones de la serie de documentales falsos que ambos idearon y escribieron para TVE. También es autor de las novelas juveniles *El vengador del Rif* y *La batalla de Matxitxako*, ambas publicadas en la colección Senderos de la Historia de Anaya, así como de *Los Fabulosos Hombres Película*, publicada en esta misma colección. Como guionista de cine ha escrito el *thriller* emocional *Second Name*, a medias con su director, Paco Plaza, y el guión de su novela *La Luz Prodigiosa* para el direcor Miguel Hermoso. Entre sus proyectos cinematográficos se encuentra la adaptación de *El vengador del Rif*, que dirigirá Marcelo Piñeyro.

CARTA AL AUTOR

Los lectores que deseen ponerse en contacto con el autor para comentar con él cualquier aspecto de este libro, pueden hacerlo escribiendo a la siguiente dirección:

Colección ESPACIO ABIERTO
Grupo Anaya, S. A.
Juan Ignacio Luca de Tena, 15. 28027 MADRID

OTROS TÍTULOS
DE FERNANDO MARÍAS

La batalla de Matxitxako
Senderos de la Historia

Los Fabulosos Hombres Película
Espacio Abierto (n.º 97)

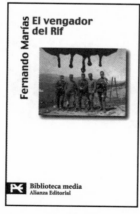

El vengador del Rif
Alianza Editorial
Libro de Bolsillo (n.º 8906)